世界文學
經典名作

異鄉人

L'ÉTRANGER
ALBERT CAMUS

卡繆 著

前言

《異鄉人》（原名：L' Étranger，又譯為「局外人」），法國作家卡繆的代表作之一，一九四二年出版，一九五七年諾貝爾文學獎得獎作品。卡繆藉著這部作品，表達人是存在於孤立疏離之間以及生活荒謬性質。此書之主題和觀點經常有學者引用作為卡繆荒謬主義和存在主義哲學之例子。

《異鄉人》的故事很單純、手法也是直白的平鋪直敘，毫不鋪張。作品主要描述生活在阿爾及利亞首都阿爾及爾的主人公莫梭收到一封來自養老院的電報告知其母親的死訊。主人翁在母親的葬禮上並沒有流露出傷心難過，反而無視於道德教條在葬禮隔天與女友做愛。之後又繼續著與從前一般無二的生活，直到被捲入朋友的麻煩事，槍殺了一個阿拉伯人。

種種行為既無關於他是否不愛他母親，也無關他是否討厭那阿拉伯人。在等待審判的期間，作者用了很多篇幅凌亂片段地交代莫梭過往生活中的荒謬事件。最後在面對審判時，主角莫梭表現得滿不在乎，當被問到殺人動機時，他回答：「都是太陽惹的禍」，並期待著在人們的咒罵聲中面對行刑。小說最後以法院作為人民的屠宰場；法律作為國家施暴的公器；法官作為冷血殺人的兇手……用極其愚蠢荒謬的判決，將人輕率地處以極刑。

卡繆於一九五五年元月曾經如此表示，《異鄉人》中的主角是擺脫社會習俗的英雄：「我很久以前就用一個說法總結過『異鄉人』，但我承認它非常自相矛盾：『在我們的社會中，任何不會在母親的葬禮上哭泣的男人，都有可能被判處死刑的危險！』我只是意味著我書中的『英雄』被譴責，僅因他不遵循這個道德常規。」

阿爾貝・卡繆（Albert Camus，一九一三年11月7日——一九六〇年1

月4日）是法國小說作家、哲學家、戲劇家、評論家，曾被視為存在主義重要人物、同時也是後來荒誕哲學文學代表。他出生於阿爾及利亞蒙多維城，後來則做為「黑腳」（法語：Pied-Noir 指出生在阿爾及利亞的歐洲定居者的後裔）則遷往法國。卡繆在一九五〇年代時以前被視為存在主義者，但是他本人則多次反對之。一九五一年卡繆發表哲學論文《反抗者》後，引起其與尚·保羅·沙特等人長達一年之久的論戰，最後他與沙特決裂。

一九五七年時，卡繆因為荒誕哲學及其文學著作而獲得諾貝爾文學獎。於一九六〇年時在法國維勒布勒萬遭遇車禍而喪生，享年47歲。

卡繆所主張的人道主義精神使他被視為「年輕一代的良心」，並且在半個多世紀後有越來越多人意識到卡繆其著作與思想的重要性，而成名作《異鄉人》也一致獲得世界公認為二十世紀的最重要的文學作品之一。

關於本書

郭宏安

《異鄉人》一九四二年出版後，很快就得到存在主義大師沙特的好評。根據他的解釋，《異鄉人》是對「荒誕」的證明和對資產階級司法的諷刺。然而，後來的批評家紛紛越過了沙特的解釋，他們發現了《異鄉人》作品中的「含混」藝術。

現代批評家普遍認為，「含混」是文學作品的本質特徵之一。作家有意識地運用「含混」，讀者不固執地追求唯一的理解，則作品將變成一個含義深遠的多面體。卡繆曾經寫道：「至少要為使沉默和創造都臻於極致而努力。」沉默不是虛無，而是富於蘊含的情狀，彷彿「此處無聲勝有聲」，創造當然也不是基於虛無的創造，而是打開沉默的硬殼。沉默與創造之間的橋

樑將由「含混」來架設。《異鄉人》呈現出一種多層次多側面的「含混」，其中沉默和創造都已臻於極致。

卡繆自己談到《異鄉人》時說：「異鄉人描寫的是人裸露在荒誕面前。」他也曾這樣概括《異鄉人》：「在我們的社會中，任何不會在母親的葬禮上哭泣的男人，都有可能被判處死刑的危險！」看來，沙特的評論與作家的自述相去不遠。但是，此後四十年間，評論家探索《異鄉人》的含義的努力一直沒有間斷。有的批評家從政治角度考察作者對阿拉伯人和法國殖民政策的態度，認為這部小說更應叫做《一個法國人在阿爾及利亞》，而阿拉伯人被殺，則表明法國人「對一種歷史負罪感的令人惶惑的供認」；有的批評家從精神分析的理論出發，把莫梭看作是現代的俄狄浦斯（戀母情結）；還有的批評家把莫梭的經歷看作是一種想像的心理歷程，等等。這種主題的多義性來自於作者置於情節中的許多空白和人物行為的機械性。

人物行為的機械性很容易使淺嘗的讀者得出這樣的印象：莫梭是一個滿

足於基本生理需要的人，他對外界的反應是直接的、感性的、機械的，他的推理能力低於常人，他是一個不好不壞的化外之人，是一個希望遠離社會而處於自然狀態的人。然而事情似乎不這麼簡單。假使讀者仔細閱讀並且不放過作者似乎不經意的若干提示的話，他會發現莫梭並不是一個生活在世外桃源中的人。他受過高等教育，推理的能力顯然優於周圍的人，而且當他「在苦難之門上短促地叩了四下」之後，立刻就明白了自己的處境。

他的寡言，他的冷漠，直到他的憤怒，原來都是他對環境的自覺的反應。他不想裝假，不想撒謊，不想言過其實，不想用社會的慣例來約束自己的言行。他是個「局外人」，然而何謂「局內」？何謂「局外」？這內與外以何為參照？批評家們曾經把他看作自然人、野蠻人、荒誕的人、精神低能的人，或者是理性的人、清醒的人、現代的人，等等。

就每一種人來說，莫梭做為小說人物都是清晰的，然而就總體來說，這位小說主人公卻又是含混的。不同的批評家都有充分的證據勾劃出一個活生

生的莫梭來。因此，莫梭的面目既是清晰的，又是模糊的，這中間的矛盾正說明這一文學形象的豐富性。

這種蘊含豐富的矛盾不難表現在人物性格上，小說的敘述角度更使批評家感到既惶惑又興奮。他們提出了這樣的問題：究竟誰在說話？是莫梭還是作者？如果是莫梭，那麼他在何時何地說話？如果是作者，那麼他是同情還是譴責莫梭？或者，作者與莫梭合一還是與敘述者合一？這些問題使《異鄉人》這部小說表面上極為清晰的語言變得模糊而含混。

小說的開始是這樣一段話：「今天，媽媽死了。」小說的結尾，則是莫梭在獄中等待著處決的「那一天」——也許是第二天，也許是數日以後……小說從開始到結束，粗粗算起來，至少有一年多的時間。矛盾就出現在這裡。如果確認是「今天」說的話，此後的事情皆屬想像；如果確認莫梭是在臨刑的前夜回憶往事，那就不能說「今天，媽媽死了」一類的話。於是有的批評家根據小說第一部和第二部的文體的區別，認為第一部乃是日記，第二

部才是完整的邏輯敘述。也就是說，被捕前的經歷是逐日記載的，事件既無動機，彼此之間也就沒有聯繫，直到「我」殺了人，才突然意識到「我」叩開了「厄運之門」。被捕後的經歷則不同，「我」已完全明白了自己的處境，所述之事井然有序，推理過程也十分清晰。

然而，這僅僅是對小說的時序顛倒的一種解釋，批評家們還有其他多種解釋，例如有的論者以為莫梭的獨白乃是一種「偽獨白」，不可以正常的邏輯繩之；有的論者認為說話的並不是莫梭，而是某個自稱「我」的人在講述一個叫莫梭的人的故事；還有的論者認為，作者要使讀者有親睹親歷之感，於是扭曲時序而在所不惜，等等。無論如何，這種時序的扭曲使這部小說呈現出一種言簡意深的風貌，彷彿冰山，所露甚小，所藏卻極大。

《異鄉人》中具有象徵意義的形象也是含混的，具有兩重性，例如太陽。太陽這一形象如同大海、土地、鮮花等，在卡繆的作品中象徵著生命和幸福，是人人都可以享用的財富，取之不費分文。總之，太陽是一種善的象

徵。然而在《異鄉人》中，太陽的象徵意義卻非此一端。的確，太陽依然是美的、善的，當「天空是藍色的、泛著金色」的時候，它可以讓人感到舒適；它也可以把女友的臉「曬成棕色，好像朵花」，讓莫梭看著喜歡；它也可以適度地炎熱，讓游泳的人「一心只去享受太陽曬在身上的舒服勁兒」。

然而，太陽有它的反面，不是陰影，而是超過了某種限度。它可以使「天空亮得晃眼」，把莫梭「弄得昏昏沉沉的」；它可以是「火辣辣的」，曬得土地「直打顫」，既冷酷無情，又令人疲憊不堪；由於陽光過分地強烈，人「走得慢，會中暑；走得快，又要出汗，到了教堂就會著涼」，真是進退兩難，沒有「出路」；它也可以「像一把把利劍劈過來」，讓人覺得剎那間「天門洞開，向下傾瀉著大火」；正是在這個時候，「大海呼出一口沉悶而熾熱的氣息」，莫梭抵抗不了這氣息的力量，他失去了平衡，他也用槍聲「打破了這一天的平衡，打破了海灘上不尋常的寂靜。」於是，「一切都開始了」，開始的首先是「苦難」，其根源正是莫梭酷愛的太陽，那使他感

到幸福的太陽。

此外，莫梭被捕前後呈現出兩個世界，這兩個世界的特點恰恰是含混和表裡不一。被捕前，莫梭做為一名小職員生活在流水般的日常世界，他周圍的人都有名有姓，有各自的工作。他們的忙碌和煩惱，他們的很少變化的單調生活，他們的許多毫無意義的言談，無論如何，總是構成了一個活躍的、真實的人的世界。人們有小小的痛苦，也有小小的幸福，至少有感官的愉悅。被捕後，莫梭卻進入一個完全陌生的世界，那裡的人只有職務而沒有名姓，例如預審法官、檢察官、律師、記者、神父等等，這些人似乎並不是做為人而存在，他們是某種職務的代表，他們不是在生活，而是在扮演某種角色。這個表面上有條理，合乎邏輯的世界實際上是虛假的、做作的，是一個非人的世界，這時的莫梭是個有邏輯的人，卻又同時是個置身局外的人。

總之，上述種種含混，即主題、人物、象徵、敘述方式和小說世界諸方面的含混，使《異鄉人》成為一個撲朔迷離、難以把握的整體，似乎有不可

窮盡的意義，給各種歷史條件下的讀者都帶來了探索的樂趣。

《異鄉人》曾經被認為是清晰的、簡潔的、透明的，是現代古典主義的典範，然而它的有意的單調、枯燥和冷靜卻打破了這種直接的印象，隨著閱讀的深入而逐漸剝露出深刻而複雜的內涵，出人意料地展示出含混做為藝術手段所具有的功能。可以說，《異鄉人》集中地體現了含混的藝術的趣味！

授獎詞

瑞典學院常務秘書　安德斯·奧斯林特

法國文學已不再以它在歐洲的地理邊界為限了。它在許多方面讓人想到一種庭園植物，高貴而不可替代，即使栽培於本土之外，也依然保持著獨特的品性，儘管傳統和變易不斷地影響著它。本年度諾貝爾文學獎的獲獎者阿爾貝·卡繆便是這種演化的一個例子。他生在阿爾及利亞東部的一個小鎮，後來他常常返回北非，在那裡尋找他的童年和青年時期所受之決定性影響的源泉。即便是今天，卡繆做為一個人仍不忘法蘭西這片廣闊的海外領土，而他做為一位作家則常常欣喜地提及這一事實。

卡繆出身於半無產者家庭，他必須靠自己的力量去闖生活；他做學生時一貧如洗，做過各種雜工來維持生計。這是一種艱苦的磨練，但對於他後來

成為一個現實主義者來說顯然不是沒有用的。他在阿爾及爾大學讀書的時候，進入了一個知識份子圈子，這個知識份子圈子後來在北非抵抗運動中起過重要作用。他最初的一些著作，是由阿爾及爾的一家地方出版社出版的，二十五歲時，他做為新聞記者踏上了法國本土，很快就以第一流的作家而聞名於首都，戰爭年代嚴酷而狂熱的氣氛使他早熟了。即使在他最早的著作中，卡繆也表現出一種精神上的態度，這態度產生於他內心中尖銳的衝突：他一方面執著於此世的生活，另一方面卻擺脫不了死亡意識的糾纏。這已經不僅僅是典型的地中海宿命論了，這宿命論的根源，是認定這個世界的陽光雖然明媚，卻是轉瞬即逝，終歸要被陰雲遮蔽。

卡繆也代表著被稱為存在主義的哲學運動，這運動認為人在宇宙間的處境並無任何個體的意義，只不過是荒誕而已。「荒誕」這個詞在卡繆的作品中隨處可見，簡直可以說是他作品的主導主題了，這主題在自由、責任以及由此而產生的苦悶之上發展為種種合乎邏輯的道德後果。

在希臘神話中，薛西弗斯把石頭推上山頂，又滾下來，如此反覆，永無休止。這薛西弗斯在卡繆的一篇論文中，已成為人類生活的一個簡潔的象徵。但在卡繆的解釋中，薛西弗斯內心深處是幸福的，因為這推石上山的願望本身已經使他滿足了。在卡繆看來，最重要的已經不是追問人生值不值得活，而是必須如何去活，其中包含著承受因生活而來的痛苦。

這一篇短短的介紹不允許我追溯卡繆的總是令人神往的精神發展。我只能談談他的作品，他運用一種完整純淨的古典風格和高度的凝煉，把問題具體化為某種形式，人物和行動使他的觀念活生生地呈現在我們面前，而無須作者從旁議論。

《異鄉人》（一九四二年）所以著名，原因即在於此。該書主人公，一個政府雇員，於一連串荒誕事件之後，殺了一個阿拉伯人；隨後，他對自己的命運漠然置之，聆聽死刑的宣判。然而，在最後一刻，他從近乎麻痺的消極之中覺醒。

《瘟疫》（一九四七年）是一部氣魄宏大的象徵小說，主人公是里厄醫生和他的助手，他們對降臨在那北非城市的鼠疫進行了英勇的搏鬥。令人信服的寫實的敘述以平靜準確的客觀性反映出抵抗運動中的生活經驗，卡繆讚揚了反抗，那種惡的侵入在那些極度灰心和失望的人們心中喚起的反抗。

不久以前，卡繆給了我們一部極其出色的獨白故事，這就是《墮落》（一九五六年），這部作品也同樣展示了說故事的藝術。一位法國律師在阿姆斯特丹一間水手酒吧裡審視自己的良心，為自己畫像，這是一面同代人都可以在其中認出自己的鏡子。在這本書中，我們可以看到，作者依據法國古典文學所擅長的人心研究使偽君子和恨世者合而為一。作者酷愛真理，這辛辣的諷刺用在他手上，就成了反對普天下的虛偽的武器。當然，有些人會感到驚異，卡繆如此強調克爾凱郭爾（編按：即索倫．奧貝．齊克果）式的罪惡感（其無底深淵無處不在）究竟要衝向何處，不過總有人會感到，作者已然到了他們發展的轉折點了。

就個人來說，卡繆已遠遠地超越了虛無主義。他那嚴肅而又嚴厲的沉思試圖重建已被摧毀的東西，使正義在這個沒有正義的世界上成為可能，這一切都使他成為人道主義者，並且沒有忘記在地中海岸蒂巴薩古城的夏日耀眼的陽光中呈現出的希臘美與均衡。

卡繆是活躍的，具有高度的創造力，即便在法國之外，也處於文學界矚目的中心。他被一種真正的道德感激勵著，全身心地致力於探討人生最基本的問題，這種熱切的願望無疑地符合諾貝爾獎為之而設立的理想主義目標。他不斷地確認人類處境之荒誕，然而其背後卻非荒蕪的否定主義。在他那裡，對於事物的這種看法，得到一種強有力的命令的補充，即「但是」，一種將要反叛荒誕的意志，他因此而創造了一種價值。

受講演說

阿爾貝·卡繆

我懷著深深的感激之情接受你們的自由的科學院給予我的榮譽，尤其是我知道這一獎賞大大地超出了我個人的功績。所有的人，特別是藝術家，都希望被承認。我也是如此。然而，在獲悉你們的決定的時候，我不能不將其影響和實際的我——做一比較。一個差不多還算得年輕❶的人，擁有的只是懷疑和尚待完成的事業，習慣於生活在工作的孤獨或友情的蔭護之中，在獲悉一種突然間使他於一片刺眼的光明之中煢煢孑立，形影相吊的決定之際，怎麼不處於某種驚惶失措的境地？在歐洲，一些最偉大的作家被迫沉默，他

❶卡繆此時四十四歲。

的故土❷正經受著一種無休止的苦難，此時此刻，他能以什麼樣的心情接受這種榮譽？

這種不安和這種內心的慌亂，我是有的。為了重新得到安寧，說到底我得和一種過於慷慨的命運來一次清算。既然我只能依靠我個人的功績來和它相稱，那麼，我找到的能夠幫助我的東西，只是在我一生中各種最矛盾的環境中支持著我的那種東西，即我對我的藝術和作家的作用所持有的看法。我只要求允許我懷著感激和友好的感情，盡可能簡單地向你們說一說這看法是什麼。

就我個人來說，我沒有我的藝術就不能生活。但是，我從未將這種藝術置於一切之上。相反，如果說它對我是不可或缺的，那是因為它並不與任何人相脫離，它允許我以本來的面目和大家一樣地生活。在我看來，藝術並不

❷指阿爾及利亞。

是一種獨自的享樂。它是通過給予最大多數人以關於共同的苦樂的特殊形象未使之受到感動的一種方式。因此，它迫使藝術家不離群索居；它使他聽命於最謙卑、最普遍的真理。

一個人常常因為感到自己與眾不同才選擇了藝術家的命運，但他很快就明白，他只有承認他與眾人相像，才能給予他的藝術、他的不同之處予以營養。正是在他與別人之間的不斷的往返之中，在通往他不可或缺的美和他不能脫離的集體的途中，藝術家成熟起來。這就是為什麼，真正的藝術家什麼都不蔑視，他們迫使自己去理解，而不是去評判。如果他們在這世界上有什麼事業要支持的話，那只能是一種社會的事業，根據尼采的壯語，統治這個社會的不再是法官，而是創造者，不管他是體力勞動者還是知識分子。

這樣，作家的作用就與某些困難的責任難解難分了。從定義來說，他今天不能為創造歷史的那些人服務，因為他為之服務的是那些承受歷史的人。不然的話，他就要孤立，失去了他的藝術。

暴政的數百萬軍隊也不能把他從孤獨中拉出來，尤其是當他同意跟著他們亦步亦趨的時候。然而，世界的另一端的一個無名的、飽受屈辱的囚徒的沉默卻足以使作家從流亡中走出來，只要他在自由的特權中能夠不忘記這種沉默，能夠通過藝術的方式使之引起反響。

我們誰都沒有偉大到足以完成這樣的使命的程度。但是，作家在其一生的各種情勢中，默默無聞或名噪一時，身處暴政的鐐銬之中或暫時獲得了言論的自由，卻可以找到一種為他辯白的活生生的團體的感情，唯一的條件是他盡可能地接受造成他的職業的偉大的兩種責任——為真理服務和為自由服務。

既然他的使命是團結盡可能多的人，那麼這種使命就不能將就謊言和奴役，而謊言和奴役在其占統治地位的任何地方都使孤獨迅速地擴散。無論我們個人的缺陷如何，我們的職業的高尚將永遠紮根在兩種難於履行的承諾之中：拒絕對眾所周知的事情撒謊和抵抗壓迫。

在一種荒唐的歷史的二十多年中，我像所有的一切同齡人一樣，孤零零地迷失在時代的動亂之中，支持我的是一種模模糊糊的感覺，即寫作在今天是一種光榮，因為這一行動承擔著義務，不僅僅寫作而已。它特別迫使我按照我的本來面目並根據我的力量來和經歷著同一歷史的人們，承受我們共有的痛苦和希望。這些人生於第一次世界大戰之初，在希特勒政權建立和最初的革命審判發生時是二十歲，隨即面臨西班牙戰爭、第二次世界大戰、集中營的天下以及酷刑和監獄的歐洲，並以此完成了他們的教育，今天，他們得在一個受到核毀滅的世界中教育他們的兒子和從事他們的事業。我想，誰也不能要求他們樂觀。我甚至認為我們應當理解那些人的錯誤，他們因日益加重的絕望而要求自輕自賤的權利，一窩蜂地奔向時代的虛無主義。然而，在我的祖國，在歐洲，我們之中的大部分人拒絕了這種虛無主義，並著手尋求一種正當性。我們得造就一種在災難性時代過生活的藝術，以便獲得再生，然後公開地對正在我們的歷史中起作用的死亡本能進行鬥爭。

每一代人都以改造世界為己任。不過我這一代人知道它改造不了世界。但它的任務也許更偉大。這任務是阻止世界分崩離析。這一代人繼承了一段腐敗的歷史，其中墮落的革命、瘋狂的技術、死去的神祇和精疲力盡的意識形態都攪作一團，平庸的政權今天可以毀滅一切，卻不再知道如何服人，智力卑躬屈節到為仇恨和壓迫當婢妾的程度，因此，這一代人不得不在其自身及周圍從自我否定開始來恢復些許造就生與死之尊嚴的東西。

面對著一個有著解體危險的、我們的偉大的審判者可能永久地建立起死亡之國的世界，這一代人知道它應該在一場刻不容緩的瘋狂的奔跑中恢復民族之間的並非奴役的和平的和平，重新使勞動和文化協調一致以及與所有的人一起重造聖約櫃。

不能肯定它一定能完成這一巨大的任務，但可以肯定的是，它在世界各地都接受有關真理和自由的雙重打賭，並且到時候知道為此而不懷仇恨地死去。它在所到之處都有資格受到歡呼和鼓勵，尤其是在它犧牲自己的地方。

無論如何，我願意把你們剛剛給予我的榮譽轉贈於它，我確信你們內心深處是同意的。

在說完寫作這一職業的高尚之後，我同時就要把作家放回到他的真正的位置上去，他只有與戰友共享的名義，他脆弱但也固執，他不公正卻又醉心於正義，他在眾目睽睽下既無羞愧又無驕傲地構築他的作品，永遠處在痛苦和美的分割之中，並且一心一意要從他的雙重存在中提取他固執地試圖在歷史的破壞運動中建立起來的作品。

如此說來，誰能夠指望從他那裡得到現成的解決辦法和好聽的道德教訓？真理是神秘的、不可捉摸的，總是需要爭取的。自由是危險的，既難以承受又激動人心。我們應當艱難而堅決地朝著這兩大目標前進，事先就確信我們會昏倒在一條如此漫長的道路上。此後還有哪一位作家敢於充當美德的宣揚者而心安理得？

至於我，我得再次申明我與這些東西毫無干係。我從來也不能放棄光

明、生之幸福和我於其中成長的自由的生活。然而，儘管這種懷念解釋了許多我的錯誤和過失，它無疑幫助了我理解我的職業，它還在幫助我站在那些沉默的人身旁，他們在這世界上只是由於回憶或者重獲短暫而自由的幸福才忍受了強加給他們的生活。

我這樣地回到實際的我，回到我的侷限，回到我的債務，回到我的困難的信仰，我才感到更自由地向你們展示你們剛剛給予我的榮譽的廣度和慷慨，也更自由地向你們說我願意把它做為向所有那些人表示的敬意來接受，他們分擔了同樣的戰鬥，卻並沒有得到任何特權，反而遭受了不幸和折磨。

最後，我從內心深處感謝你們，並且公開地做出那個古老的忠誠的許諾，以此表示我個人的感激之情，而這個許諾，是每個真正的藝術家每天都在無言中向自己做出的承諾。

第一部

今天，媽媽死了。也許是昨天，反正我也不清楚。

我收到了養老院的一封電報，說：

「母過世，明日安葬。專此通知。」

這也看不出個所以然來，可能是昨天死的。

1

今天，媽媽死了。也許是昨天，反正我也不清楚。我收到養老院的一封電報，說：「母過世。明日安葬。專此通知。」這也看不出個所以然來，可能是昨天死的。

養老院在馬朗戈，離阿爾及爾八十公里。我搭乘兩點鐘的公共汽車，下午到，還趕得上守靈，明天晚上就能回來。我向老板請了兩天假，有這樣的理由，他不能拒絕。不過，他似乎不大高興。我甚至跟他說：「這可不是我的錯。」他沒有理我。我想我不該跟他說這句話。反正，我沒有什麼可請求原諒的，倒是他應該向我表示哀悼。不過，後天他看見我戴孝的時候，一定會安慰我的。現在有點像是媽媽還沒有死似的。不過一下葬，那可就是一樁已經了結的事了，一切又該公事公辦了。

我搭的是兩點鐘的汽車。天氣很熱。跟平時一樣，我還是在賽萊斯特的飯館裡吃的飯。他們都為我難受，賽萊斯特還說：「人只有一個母親啊！」我走的時候，他們一直送我到門口。我有點兒煩，因為我還得到艾瑪努埃爾那裡去借黑領帶和黑紗。他幾個月前剛死了叔叔。

為了及時上路，我是用跑的過去。這番急，這番跑，加上汽車顛簸，汽油味兒，還有道路的熱氣和天空刺眼的陽光，把我弄得昏昏沉沉的。我幾乎睡了一路。我醒來的時候，正歪在一個軍人身上，他朝我笑笑，問我是不是從遠地方來。我不想說話，只應了聲「是的」。

養老院離村子還有兩公里，我走去了。我真想立刻見到媽媽。但門房說我得先見見院長。他正忙著，我等了一會兒。這當兒，門房說個不停，後來，我見了院長。他是在辦公室裡接待我的。那是個小老頭，佩帶著榮譽團勛章。他那雙淺色的眼睛盯著我。隨後，他握著我的手，老也不鬆開，我真不知道如何抽出來。他看了看檔案，對我說：「莫梭太太是三年前來此的，

您是她唯一的贍養者。」我以為他是在責備我什麼，就趕緊向他解釋。但是他打斷了我：「您無須解釋，親愛的孩子。我看過您母親的檔案。您無力負擔她的。她需要有人照料，而您的薪水又很微薄。總之，她在這裡反而更快活些。」我說：「是的，院長先生。」他又說：「您知道，她有年紀相仿的人做朋友。他們對過去的一些事有共同的興趣。您年輕，跟您在一起，她還會悶得慌呢！」

這是真的。媽媽在家的時候，一天到晚總是看著我，不說話。她剛進養老院時，常常哭。那是因為不習慣。幾個月之後，如果再讓她出來，她還會哭的。這又是因為不習慣。差不多因為這樣，近一年來我就幾乎沒來看過她。當然，也是因為來看她就得佔用了星期天，還不算趕汽車、買車票、坐兩小時的車所費的力氣。

院長還在跟我說，可是我已聽不下去了。最後，他說：「我想您願意再看看您的母親吧！」我站了起來，沒說話，他領著我出去了。在樓梯上，他

向我解釋說：「我們把她抬到小停屍間裡了。因為怕別的老人害怕。這裡每逢有人死了，其他人總要有兩三天工夫才能安定下來。這給服務帶來很多困難。」我們穿過一個院子，院子裡有不少老人，正三五成群地閒談。我們經過的時候，他們都不做聲了；我們一過去，他們就又說開了。真像一群鸚鵡在嘰嘰喳喳低聲亂叫。走到一座小房子門前，院長與我告別：「請自便吧，莫梭先生。有事到辦公室找我。原則上，下葬定於明晨十點鐘。我們是想讓您能夠守靈。還有，您的母親似乎常向同伴們表示，希望按宗教的儀式安葬。這事我已經安排好了，只不過告訴您一聲。」我謝了他。媽媽並不是無神論者，可活著的時候也從未想到過宗教。

我進去了。屋子裡很亮，玻璃天棚，四壁刷著白灰。有幾把椅子，幾個X形的架子。正中兩個架子上，停著一口棺材，蓋著蓋，一些發亮的螺絲釘，剛擰進去個頭兒，在刷成褐色的木板上看得清清楚楚。棺材旁邊，有一個阿拉伯的女護士，穿著白大褂，頭上一方顏色鮮艷的圍巾。

這時，門房來到我的身後。他大概是跑來著，說話喘得有點兒結巴：「他們給蓋上了，我得再打開，好讓您看看她。」他走近棺材，我叫住了他。他問我：「您不想嗎？」我回答說：「不想。」他站住了，我很難為情，因為我覺得我不該那樣說。過了一會兒，他看了看我，問道：「為什麼？」他並沒有責備的意思，好像只是想問問。我說：「不知道。」於是，他拈著發白的小鬍子，也不看我，說道：「我明白。」他的眼睛很漂亮，淡藍色，臉上有些發紅。他給我搬來一把椅子，自己坐在我後面。女護士站起來，朝門口走去。這時，門房對我說：「她臉上長了惡瘡。」因為我不明白，就看了看那女護士，只見她眼睛下面繞頭纏了一條繃帶。在鼻子的那個地方，繃帶是平的。在她的臉上，人們所能見到的，就是一條雪白的繃帶。

她出去以後，門房說：「我不陪你了。」我不知道我做了個什麼表示，後來他沒有走，站在我後面。背後有一個人，使我很不自在。傍晚時分，屋子裡仍然很亮。兩隻大胡蜂在玻璃天棚上嗡嗡地飛。我感到睏勁兒上來了。

我頭也沒回，對門房說：「您在這裡很久了嗎？」他立即回答道：「五年了。」好像就等著我問他似的。

接著，他源源不絕地說了起來。如果有人對他說他會在馬朗戈養老院當一輩子門房，他一定會驚訝不止。他六十四歲，是巴黎人。說到這兒，我打斷了他：「噢，您不是本地人？」我這才想起來，他在帶我去見院長之前，跟我談起過媽媽。他說要趕快下葬，因為平原天氣熱，特別是這個地方。就是那個時候，他告訴我他在巴黎住過，而且怎麼也忘不了巴黎。在巴黎，死人在家裡停放三天，有時四天。這裡不行，時間太短，怎麼也習慣不了才過這麼短時間就要跟著柩車去下葬。這時，他老婆對他說：「別說了，這些事是不能對先生說的。」老頭子臉紅了，連連道歉。我就說：「沒關係，沒關係。」我覺得他說得對，很有意思。

在小停屍間裡，他告訴我，他進養老院是因為窮。他覺得自己身體還結實，就自薦擔任起門房。我向他指出，無論如何，他還是養老院收留的院

友。他說不是。我先就覺得奇怪，他說到住養老院的人時（其中有幾個並不比他大），總是說：「他們」、「那些人」，有時也說「老人家」。當然，那不是一碼事。他是門房，從某種程度上說，他還管著他們呢！

這時，那個女護士進來了。天一下子就黑了。濃重的夜色很快就壓在玻璃天棚上。門房打開燈，突然的光亮使我眼花目眩。他請我到食堂去吃飯。但是我不餓。他於是建議端杯牛奶咖啡來。我喜歡牛奶咖啡，就接受了。過了一會兒，他端著一個托盤回來了。我喝了咖啡，想抽菸。可是我猶豫了，我不知道能不能在媽媽面前這樣做。我想了想，認為這不要緊。我給了門房一支菸，我們抽了起來。

過了一會兒，他對我說：「您知道，令堂的朋友們也要來守靈。這是習慣。我得去找些椅子，端點咖啡來。」我問他能不能關掉一盞燈。照在白牆上的燈光使我很難受。他說不行。燈就是那樣裝的：要嘛全開，要嘛全關。我後來沒有怎麼再注意他。他忙進忙出的，擺好了椅子，在一把椅子上圍著

咖啡壺放了一些杯子。然後，他隔著媽媽的棺木在我對面坐下。女護士也坐在裡邊，背對著我。我看不見她在幹什麼。但從她胳膊的動作看，我認為她是在織毛線。屋子裡暖洋洋的，咖啡使我暖和了起來，從開著的門中，飄進來一股夜晚和鮮花的氣味。我覺得我打了個盹了。

一陣窸窸窣窣的聲音把我弄醒了。乍一睜開眼睛，屋子更顯得白了。在我面前，沒有一點兒陰影，每一樣東西，每一個角落，每一條曲線，都清清楚楚，輪廓分明，很顯眼。媽媽的朋友們就是這個時候進來的。一共有十來個，靜悄悄地在這耀眼的燈光中挪動。他們坐下了，沒有一把椅子響一聲。我看見了他們，我看人從來沒有這樣清楚過，他們的面孔和衣著的任何一個細節都沒有逃過我的眼睛。然而，我聽不見他們的聲音，我真難相信他們是真的在那裡。幾乎所有的女人都繫著圍裙，束腰的帶子使她們的大肚子更突出了。我還從沒有注意過老太太會有這樣大的肚子。男人幾乎都很瘦，拄著手杖。使我驚奇的是，我在他們的臉上看不見眼睛，只看見一堆皺紋中間閃

動著一縷混濁的亮光。他們坐下的時候，大多數人都看了看我，不自然地點了點頭，嘴唇都陷進了沒有牙的嘴裡，我也不知道他們是向我打招呼，還是臉上不由自主地抽動了一下。我還是相信他們是在跟我招呼。這時我才發覺他們都面對著我，搖晃著腦袋坐在門房的左右。有一陣，我還有一種荒謬可笑的念頭，覺得他們就是來審判我的呢！

不多會兒，一個女人哭起來了。她坐在第二排，躲在一個同伴的後面，我看不清楚。她抽抽答答地哭著，我覺得她大概不會停的。其他人好像都沒有聽見。他們神情沮喪，滿面愁容，一聲不吭。他們看看棺材，看看手杖，或隨便東張西望，他們只看這些東西。那個女人一直在哭。我很奇怪，因為我並不認識她。我真希望她別再哭了，可我不敢對她說。門房朝她彎下身，說了句話，可她搖搖頭，含糊地說句什麼，依舊抽抽答答地哭著。於是，門房朝我走來，在我身邊坐下。過了好一陣，他把眼睛望著別處告訴我：「她跟令堂很要好。她說令堂是她在這兒唯一的朋友，現在她什麼人也沒有

了。」

我們就這樣坐了很久。那個女人的嘆息聲和嗚咽聲少了，但抽泣得很厲害，最後總算無聲無息了。我不睏了，但很累，腰酸背疼。現在，是這些人的沉默使我難受。我只是偶爾聽見一種奇怪的聲響，不知道是什麼。時間長了，我終於猜出，原來是有幾個老頭子嘬腮幫子，發出了這種怪響。他們沉浸在冥想中，自己並不覺得。我甚至覺得，在他們眼裡，躺在他們中間的死者算不了什麼。但是現在我認為，那是我的錯覺。我們都喝了門房端來的咖啡。後來下半夜的事，我就不知道了。一夜過去了。我現在還記得，有時我睜開眼，看見老頭們一個個縮成一團睡著了，只有一位，下巴壓在拄著手杖的手背上，在盯著我看，好像就等著我醒似的。隨後，我又睡了。因為腰越來越疼，我又醒了。晨曦已經悄悄爬上玻璃窗。一會兒，一個老頭兒醒了，使勁地咳嗽。他掏出一塊方格大手帕，往裡面吐痰，每一口痰都像使盡了全身的力氣。其他人都被吵醒了，門房說他們該走了。他們站了起來。這樣不

舒服的一夜，使他們個個面如死灰。出乎意料的是，他們出去時竟都同我握了手，好像過了彼此不說一句話的黑夜，我們的親切感倒是增加了。

我累壞了。門房把我帶到他那裡，我洗了把臉。我又喝了一杯牛奶咖啡，好極了。我出去時，天已大亮。馬朗戈和大海之間的山嶺上空，一片紅光。從山上吹過的海風帶來了一股鹹味。看來是一個好天。我很久沒到鄉下來了，要不是因為媽媽，這會兒去散散步該有多好啊！

我在院子裡一棵梧桐樹下等著。我聞著濕潤的泥土味兒，不想再睡了。我想到了辦公室裡的同事們。這個時辰，他們該起床上班去了，對我來說，這總是最難挨的時刻。我又想了一會兒，被房子裡傳來的鈴聲打斷了。窗戶後面一陣忙亂聲，隨後又安靜下來。太陽在天上又升高了一些，開始曬得我兩腳發熱。門房穿過院子，說院長要見我。我到他辦公室去。他讓我在幾張紙上簽了字。我見他穿著黑衣服和帶條紋的褲子。他拿起了電話，問我：「殯儀館的人已來一會兒了，我要讓他們來蓋棺。您想最後再見見您的母親

嗎？」我說不必了。他對著電話低聲命令說：「費雅克，告訴那些人，他們可以去了。」

然後，他說他也要去送葬，我謝了他。他在寫字枱後面坐下，叉起兩條小腿。他告訴我，送葬的只有我和他，還有值勤的女護士。原則上，院裡的老人不許去送殯，只許參加守靈。他指出：「這是個人道問題的考量。」不過這一次，他允許媽媽的一個老朋友湯瑪．費赫茲參加送葬。說到這兒，院長笑了笑。他對我說：「您知道，這種感情有點孩子氣。他和您的母親幾乎是形影不離。在院裡，大家都拿他們打趣，他們對費赫茲說：『她是您的未婚妻。』他只是笑。他們覺得開心。問題是莫梭太太的死使他十分難過，我認為不應該拒絕他。但是，根據醫生的建議，我昨天沒有讓他守靈。」

我們默默地坐了好一會兒。院長站起來，往窗外觀望。他看了一會兒，說：「馬朗戈的神父來了。他倒是提前了。」他告訴我至少要走三刻鐘才能到教堂，教堂在村子裡。我們下了樓。神父和兩個唱詩童子等在門前。其中

一個手拿香爐，神父彎下了腰，調好香爐上銀鏈子的長短。我們走到時，神父已直起腰來。他叫我「孩子」，對我說了幾句話。他走進屋裡，我隨他進去。我一眼就看見螺釘已經旋進去了，屋子裡站著四個穿黑衣服的人。同時，我聽見院長說車子已經等在路上，神父也開始祈禱了。從這時起，一切都進行得很快。那四個人走向棺材，把一條毯子蒙在上面。神父、唱詩童子、院長和我，一齊走出去。門口，有一位太太，我不認識。「莫梭先生，」院長介紹說。我沒聽見這位太太的姓名，只知道她是護士代表。她沒有一絲笑容，向我低了低瘦骨嶙峋的長臉。然後，我們站成一排，讓棺材過去。我們跟在抬棺材的人後面，走出養老院。送葬的車停在大門口，長方形，漆得發亮，像個鉛筆盒。旁邊站著葬禮司儀，他身材矮小，衣著滑稽，還有一個態度做作的老人，我明白了，他就是費赫茲先生。他戴著一頂圓頂寬檐軟氈帽（棺材經過的時候，他摘掉了帽子），褲腳堆在鞋上，大白領的襯衫太大，而黑領花又太小。鼻子上佈滿了黑點兒，嘴唇不住地抖動。滿頭

的白髮相當細軟，兩隻下垂的耳朵，耳輪胡亂捲著，血紅的顏色襯著蒼白的面孔，給我留下了強烈的印象。司儀安排了我們的位置。神父走在前面，然後是車子。旁邊是四個抬棺材的。再後面，是院長和我，護士代表和費赫茲先生在最後頭。

天空中陽光燦爛，地上開始感到壓力，炎熱迅速增高。我不知道為什麼要等這麼久才走。我穿著一身深色衣服，覺得很熱。小老頭本來已戴上帽子，這時又摘下來了。院長跟我談到他的時候，我歪過頭，望著他。他對我說，我母親和費赫茲先生傍晚常由一個女護士陪著散步，有時一直走到村裡。我望著周圍的田野。一排排通往天邊山嶺的柏樹，一片紅綠相雜的土地，房子不多卻錯落有致，我理解母親的心理。在這個地方，傍晚該是一個令人傷感的時刻啊！白天，火辣辣的太陽曬得這片土地直打顫，既冷酷無情，又令人疲憊不堪。

我們終於上路了。這時我才發覺費赫茲有點兒跛腳。車子漸漸走快了，

老人落在後面。車子旁邊也有一個人跟不上了，這時和我並排走著。我真奇怪，太陽怎麼在天上升得那麼快。我發現田野上早就充滿了嗡嗡的蟲鳴和沙沙地草聲音。我臉上流下汗來。我沒戴帽子，只好拿手帕扇風。殯儀館的那個伙計跟我說了句什麼，我沒聽見。同時，他用右手掀了掀鴨舌帽，左手拿手帕擦著額頭。我問他：「怎麼樣？」他指了指天，連聲說：「曬得可真夠嗆。」我說：「對。」過了一會兒，他問我：「裡邊是您的母親嗎？」我又回了個「對」。「她年紀大嗎？」我答道：「還好。」因為我也不知道她究竟多少歲。然後，他就不說話了。我回了回頭，看見老費赫茲已經落後五十多米遠了。他一個人急忙往前趕，手上搖晃著帽子。我也看了看院長。他莊嚴地走著，沒有一個多餘的動作。他的額上滲出了汗珠，他也不擦。

我覺得一行人走得更快了。我周圍仍然是一片被陽光照得發亮的田野。天空亮得讓人受不了。有一陣，我們走過一段新修的公路。太陽曬得柏油爆裂，腳一踩就陷進去，留下一道亮晶晶的裂口。車頂上，車夫的黑皮帽子就

像在這黑油泥裡浸過似的。我有點迷迷糊糊，頭上是青天白雲，周圍是單調的顏色，開裂的柏油是黏乎乎的黑，人們穿的衣服是死氣沉沉的黑，車子是漆得發亮的黑。這一切，陽光、皮革味、馬糞味、漆味、香爐味、一夜沒睡覺的疲倦，使我兩眼模糊，神志不清。我又回了回頭，費赫茲已遠遠地落在後面，被裹在一片蒸騰的水氣中，後來乾脆看不見了。我仔細尋找，才見他已經離開大路，從野地裡斜穿過來。我注意到前面大路轉了個彎。原來費赫茲熟悉路徑，正抄近路追我們呢！在大路拐彎的地方，他追上了我們。後來，我們又把他拉開了。他仍然斜穿田野，這樣一共好幾次。而我，我感到血液直往太陽穴上湧。

以後的一切都進行得如此迅速、準確、自然，我現在什麼也記不得了。除了一件事，那就是在村口，護士代表跟我說了話。她的聲音很怪，與她的面孔不協調，那是一種抑揚的、顫抖的聲音。她對我說：「走得慢，會中暑；走得太快，又要出汗，到了教堂就會著涼。」她說得對。進退兩難，出

路是沒有的。我還保留著這一天的幾個印象，比方說，費赫茲最後在村口追上我們時的那張面孔。他又激動又難過，大滴的淚水流上面頰。但是，由於皺紋的關係，淚水竟流不動，散而復聚，在那張面容大變的臉上敷了一層水膜。還有教堂，路旁的村民，墓地墳上紅色的天竺葵，費赫茲的昏厥——真像一個散架的木偶。撒在媽媽棺材上血紅色的土，雜在土中的雪白的樹根，又是人群，說話聲，村子，在一個咖啡館門前的等待，馬達不停的轟鳴聲，以及當汽車開進萬家燈火的阿爾及爾，我想到我可以上床睡它十二個鐘頭時所感到的喜悅。

2

醒來的時候，我才明白為什麼我向老板請那兩天假時，他的臉色那麼不高興，因為今天是星期六。我可以說是忘了，起床的時候才想起來。老板自然是想到了，加上星期天我就等於有了四天假日，而這是不會叫他高興的。但一方面，安葬媽媽是在昨天而不是在今天，這並不是我的錯，另一方面，無論如何，星期六和星期天總還是我的。當然，這並不妨礙我理解老板的心情。

經過昨天一天的折騰，我累得簡直起不來。刮臉的時候，我一直在想今天幹什麼，我決定去游泳。我乘電車去海濱浴場。一到那兒，我就扎進水裡。年輕人很多。我在水裡看見了瑪麗·卡多娜，我們從前在一個辦公室工作，她是打字員，我那時曾想把她弄到手。現在我認為她也是這樣想的。但

她很快就走了，我們沒來得及呀！我幫她爬上一個浮墊，在扶她的時候，我輕輕地碰著了她的乳房。她趴在浮墊上，我還在水裡。她朝我轉過身來，頭髮遮住了眼睛，她笑了。我也上了浮墊，挨在她身邊。天氣很好，我開玩笑似地仰起頭，枕在她的肚子上。她沒說什麼，我就這樣待著。我兩眼望著天空，天空是藍的，泛著金色。我感到頭底下瑪麗的肚子在輕輕地起伏。我們半睡半醒地在浮墊上待了很久。太陽變得太強烈了，她下了水，我也跟著下了水。我追上她，伸手抱住她的腰，我們一起游。她一直在笑。在岸上曬乾的時候，她對我說：「我曬得比您還黑。」我問她晚上願意不願意去看電影。她還是笑，說她想看一部費南代爾❶的片子。穿好衣服以後，她看見我繫了一條黑領帶，顯出很奇怪的樣子，問我是不是在戴孝。我跟她說媽媽死

❶費南代爾（Fernandel，一九〇三～一九七一），法國著名喜劇演員，他演過名作《八十日環遊世界》。

了。她想知道是什麼時候，我說：「昨天。」她嚇得倒退了一步，但沒表示什麼。我想對她說這不是我的錯，但是我收住了口，因為我想起來我已經跟老板說過了。這是毫無意義的。反正，人總是有點什麼過錯。

晚上，瑪麗把什麼都忘了。片子有些地方挺搞笑的，不過實在是很蠢。她的腿挨著我的腿。我撫摸她的乳房。電影快結束的時候，我吻了她，但吻得很笨。出來以後，她跟我到我的住處來了。

我醒來的時候，瑪麗已經走了。她跟我說過她得到她嬸嬸家去。我想起來了，今天是星期天，這真煩人，因為我不喜歡星期天。於是，我翻了個身，在枕頭上尋找瑪麗的頭髮留下的海水鹹味，之後又睡到十點鐘。我一根接一根地抽菸，一直躺著，直到中午。我不想跟平時那樣去賽萊斯特的飯館吃飯，因為他們肯定要問我，我可不喜歡這樣。我煮了幾個雞蛋，就著盤子吃了，沒吃麵包，我沒有了，也不願意下樓去買。

吃過午飯，我有點悶得慌，就在房子裡瞎晃著。媽媽在的時候，這套房

子還挺合適，現在我一個人住就太大了，我不得不把飯廳的桌子搬到臥室裡來。我只住這一間，屋裡有幾把當中填充的草已經有點塌陷的椅子，一個鏡子發黃的櫃子，一個梳妝台，一張銅床。其餘的都不管了。後來，沒事找事，我拿起一張舊報，讀了起來。我把克魯申公司的嗅鹽廣告剪下來，貼在一本舊簿子裡。凡是報上讓我開心的東西，我都剪下貼在裡面。我洗了洗手，最後，上了陽台。

我的臥室外面是通往郊區的大街。午後天氣晴朗。但是，馬路很髒，行人稀少，卻都很匆忙。首先是全家出來散步的人，兩個穿海軍服的小男孩，短褲長得過膝蓋，筆挺的衣服使他們手足無措；一個小女孩，頭上紮著一個粉紅色的大花結，腳上穿著黑漆皮鞋。他們後面，是一位高大的母親，穿著栗色的綢連衣裙；父親是個相當瘦弱的矮個兒，我見過。他戴著一頂平頂窄檐的草帽，紮著蝴蝶結，手上一根手杖。看到他和他老婆在一起，我明白了為什麼這一帶的人都說他儀態不凡。過了一會兒，過來一群郊區的年輕人，頭髮油光光的，繫著紅領帶，衣服腰身收得很緊，衣袋上繡著花兒，穿著方頭皮鞋。我想他們是去城裡看電影的，所以走得這樣早，而且一邊趕電車，一邊高聲說笑。

他們過去之後，路上漸漸沒有人了。我想，各處的熱鬧都開始了。街上只剩下了一些店主和貓。從街道兩旁的無花果樹上空望去，天是晴的，但是不亮。對面人行道上，賣菸的搬出一把椅子，倒放在門前，雙腿騎上，兩隻胳膊放在椅背上。剛才還是擁擠不堪的電車現在幾乎全空了。菸草店旁邊那家叫「皮耶羅之家」的小咖啡館裡空無一人，侍者正在掃地。這的確是個星期天的樣子。

我也把椅子倒轉過來，像賣菸草的那樣放著，我覺得那樣更舒服。我抽了兩支菸，又進去拿了塊巧克力，回到窗前吃起來。很快，天陰了。我以為要下暴雨，可是，天又漸漸放晴了。不過，剛才飄過一片烏雲，像是要下雨，使街上更加陰暗了。我待在那兒望天，望了好久。

五點鐘，電車轟隆隆地開過來了，車裡擠滿了從郊外體育場看比賽的人，有的就站在踏板上，有的扶著欄杆。後面幾輛車裡拉著的，我從他們的小手提箱認出是運動員。他們扯著嗓子喊叫、唱歌，說他們的俱樂部萬古常青。好幾個人跟我打招呼。其中有一個甚至對我喊：「我們贏了他們！」我點點頭，大聲說：「好極了！」從這時起，小汽車就多起來了。

天有點暗了。屋頂上空，天色發紅，一入黃昏，街上也熱鬧起來。散步的人也漸漸往回走了。我在人群中認出了那位儀態不凡的先生。孩子在哭，讓大人拖著走。這一帶的電影院幾乎也在這時把大批看客拋向街頭。其中，年輕人的舉動比平時更堅決，我想他們剛才看的是一部冒險片子。從城裡電影院回來的人到得稍微晚些。他們顯得更莊重些。他們還在笑，卻不時地顯出疲倦和出神的樣子。他們待在街上，在對面的人行道上走來走去。附近的姑娘們沒戴帽子，挽著胳膊在街上走。小伙子們設法迎上她們，說句笑話，她們一邊大笑，一邊回過頭來。其中我認識好幾個，她們向我打了招呼。

這時，街燈一下子亮了，使夜晚空中初現的星星黯然失色。我望著滿是行人和燈光的人行道，感到眼睛很累。電燈把潮濕的路面照得閃閃發光，間隔均勻的電車反射著燈光，照在發亮的頭髮、人的笑容或銀手鐲上。不一會兒，電車少了，樹木和電燈上空變得漆黑一片，不知不覺中路上的人也走光了，直到第一隻貓慢悠悠地穿過重新變得空無一人的馬路。這時，我想該吃晚飯了。我在椅背上趴得太久了，脖子有點兒酸。我下樓買了麵包和義大利麵，自己做好了就站著吃掉它。我想在窗前抽支菸，可是空氣涼了，我有點兒冷。我關上窗戶，回來的時候，在鏡子裡看見桌子的一角上擺著酒精燈和幾個麵包。我想星期天總是忙忙碌碌的，媽媽已經安葬了，我又該上班了，總之，沒有任何變化。

3

今天，我整個早上在辦公室顯得特別忙碌。老板很和顏悅色。他客氣地問我會不會太累了，他也想知道媽媽的年紀。為了怕弄錯，我說了句「六十來歲」，我不知道為什麼他好像鬆了口氣，認為是圓滿了結了一件大事。

我的桌子上堆了一大堆提貨單，我都得處理。在離開辦公室去吃午飯之前，我洗了手。中午是我最喜歡的時刻。晚上，我就不那麼高興了，因為公用的轉動毛巾用了一天，都濕透了。一天，我向老板提出了這件事。他回答說他對此感到遺憾，不過這畢竟是小事一樁。我下班晚了些，十二點半我才跟艾瑪努埃爾一起出來，他在發貨部門工作。辦公室外面就是海，我們看了一會兒大太陽底下停在港裡的船。這時，一輛卡車開過來，帶著嘩啦啦的鐵鏈聲和劈劈啪啪的爆炸聲。艾瑪努埃爾問我「去看看怎麼樣」，我就跑了起

來。卡車超過了我們，我們追上去。我被包圍在一片嘈雜聲和灰塵之中，什麼也看不見了，只感到這種混亂的衝動，拚命在絞車、機器、半空中晃動的桅桿和我們身邊的輪船之間奔跑。我第一個抓住車，跳了上去。然後，我幫著艾瑪努埃爾坐好。我們喘不過氣來，汽車在塵土和陽光中，在碼頭上高低不平的路上顛簸著。艾瑪努埃爾笑得上氣不接下氣。

我們來到賽萊斯特的飯館，渾身是汗。他還是那樣子，挺著大肚子，繫著圍裙，留著雪白的小鬍子。他問我「還好吧」，我點點頭，說肚子餓了。我吃得很快，飯後喝了咖啡，然後回家，小睡了一會兒，因為我酒喝多了。醒來的時候，我想抽菸。時候不早了，我跑去趕電車。我又忙了一下午。辦公室裡很熱，晚上下了班，我沿著碼頭慢步走回去，感到很快活。天是綠色的，我感到心滿意足。儘管如此，我還是徑直回家了，因為我想自己煮馬鈴薯。

樓梯黑漆漆地。我上樓時碰在老薩拉瑪諾的身上，他是我同層的鄰居。

他牽著狗。八年來，人們看見他們總是廝守在一起。這條西班牙種獵犬生了一種皮膚病，我想是丹毒（溶血性鏈球菌引起的皮膚炎），毛都快掉光了，渾身是硬皮和褐色的痂。他們倆擠在一間小屋子裡，久而久之，老薩拉瑪諾都像牠了。他的臉上長了些發紅的硬痂，頭上是稀疏的黃毛。那狗呢，也跟牠的主人學了一種彎腰駝背的走相，撅著嘴，伸著脖子。他們好像是同類，卻相互憎恨。每天兩次，十一點和六點，老頭兒帶著狗散步。八年來，他們沒有改變過路徑。他們總是沿著里昂路走，狗拖著人，直到老薩拉瑪諾打個趔趄，他於是就又打又罵。狗嚇得趴在地上，讓人拖著走。這時，該老頭兒拽了。要是狗忘了，又拖起主人來，就又會挨打挨罵。於是，他們兩個雙雙待在人行道上，你瞅著我，我瞪著你，狗是怕，人是恨。天天如此。碰到狗要撒尿，老頭兒偏不給牠時間，使勁拽牠，狗就瀝瀝拉拉尿了一路。如果狗偶爾尿在屋裡，更要遭到毒打。這樣的日子已經過了八年。賽萊斯特總是說「這真不幸，」實際上，誰也不能知道。我在樓梯上碰見薩拉瑪諾的時候，

他正在罵狗。他對牠說：「混蛋！髒東西！」狗直哼哼。我跟他說：「您好。」但老頭兒還在罵。於是，我問狗怎麼惹他了，他不答腔。他只是說：「混蛋！髒東西！」我模模糊糊地看見他正彎著腰在狗的頸圈上擺弄什麼。我提高了嗓門兒。他頭也不回，憋著火兒回答我：「牠老是那樣，死也不肯動。」說完，便拖著那條哼哼唧唧、不肯痛痛快快往前走的狗出去。

正在這時，我那層的第二個鄰居進來了。這一帶的人都說他靠女人生活（拉皮條的）。但是，人要問他職業，他就說是「倉庫管理員」。一般來說，大家都不大喜歡他。但是他常跟我說話，有時還到我那兒坐坐，因為我會聽他說話。再說，我沒有任何理由不跟他說話。他叫雷蒙·辛戴斯。他長得相當矮，肩膀卻很寬，一個拳擊手的塌鼻子。他總是穿得衣冠楚楚。說到老薩拉瑪諾，他也說：「真是不幸！」他問我對此是否感到討厭，我回答說「不會！」

我們上了樓，正要分手的時候，他對我說：「我那裡有豬血香腸和葡萄

酒，一塊兒吃點怎麼樣……」我想這樣我不用做飯了，就接受了。他也只有一間房子，外帶一間沒有窗戶的廚房。床的上方擺著一個白色和粉紅色的仿大理石天使像，幾張體育冠軍的相片和兩三張裸體女人畫片。屋裡很髒，床上亂七八糟。他先點上煤油燈，然後從口袋裡掏出一卷骯髒的紗布，把右手纏了起來。我問他怎麼了，他說他和一個跟他找碴兒的傢伙打了一架。

「您知道，莫梭先生，」他對我說，「並不是我壞，可我是火爆性子。那小子呢，他說：『你要是個男子漢，從電車上下來。』我對他說：『混蛋，別找事兒。』他卻嘲笑我說我不是個男人。於是，我下了電車，對他說：『夠了，到此為止吧，不然我就教訓教訓你。』他說：『你敢怎麼樣？』我就揍了他一頓。他倒在地上。我呢，我正要把他扶起來，他卻躺在地上用腳踢我。我給了他一腳，又打了他兩耳光。他滿臉流血。我問他『夠不夠』。他說『夠了』。」

說話的工夫，辛戴斯已纏好了繃帶。我坐在床上。他說：「您看，不是

我找他，是他對我不尊重。」的確如此，我承認。這時，他說，他正要就這件事跟我討個主意，而我呢，是個男子漢，有生活經驗，能幫助他，這樣的話，他就是我的朋友了。我什麼也沒說，他又問我願不願意做他的朋友。我說怎麼都行，他好像很滿意。他拿出香腸，在鍋裡煮熟，又拿出酒杯、盤子、刀叉、兩瓶酒。拿這些東西時，他沒說話。我們坐下。一邊吃、他一邊講他的故事。他先還遲疑了一下。「我認識一位太太……這麼說吧，她是我的情婦。」跟他打架的那個人是這女人的兄弟。他對我說他出錢供養著她。我沒說話，但是他立刻補充說他知道這地方的人都說他是什麼，不過他問心無愧，他是倉庫管理員。

「至於我這件事，」他說，「我是發覺了她在欺騙我。」他給她的錢剛夠維持生活。他為她付房租，每天給她二十法郎伙食費。「房租三百法郎，伙食費六百法郎，不時地送雙襪子，一共一千法郎。人家還不工作。可她說那是合理的，我給的錢不夠她生活。我跟她說：『妳為什麼不找個半天的工

作幹幹呢？這樣就省得我再為這些零星花費操心了。這個月我給妳買了一套衣服，每天給妳二十法郎，替妳付房租，可妳呢，下午和妳的女友們喝咖啡。妳拿咖啡和糖請她們，出錢的卻是我。我待妳不薄，妳卻忘恩負義。』可她就是不工作，總是說錢不夠。所以我才發覺其中一定有欺騙。」

於是，他告訴我他在她的手提包裡發現了一張樂透彩票，她不能解釋是怎麼買的。不久，他又在她那裡發現一張當票，證明她當了兩只鐲子。他可一直不知道她有兩只鐲子。「我看得清清楚楚，她在欺騙我。我就不要她了。不過，我先揍了她一頓，然後才揭了她的老底。我對她說，她就是想拿我尋開心。您知道，莫梭先生，我是這樣說的：『妳看不到人家在嫉妒我給妳帶來的幸福。妳以後就會知道自己是有福不會享了。』」

他把她打得見血方休。以前，他不打她。「打是打，不過是輕輕碰碰而已。她叫喚。我就關上窗子，也就完了。這一回，我可是來真的了。對我來說，我還是便宜了她呢！」

他解釋說，就是為此，他才需要聽聽我的主意。他停下話頭，調了調結了燈花的燈芯。我一直在聽他說。我喝了將近一公升的酒，覺得太陽穴發燙。我抽著雷蒙的菸，因為我的已經沒有了。末班電車開過，把已很遙遠的郊區的嘈雜聲帶走了。雷蒙在繼續說話。使他煩惱的是，他對跟他睡覺的女人「還有感情」。但他還是想懲罰她。最初，他想把她帶到一家旅館去，叫來「風化警察」，造成一樁醜聞，讓她在警察局留下案底。後來，他又找過幾個黑道上的朋友。他們也沒有想出什麼辦法。正如雷蒙跟我說的那樣，參加流氓幫派還是要多加考慮的。他對他們說了，他們建議給她身體「留點記號」。不過，這不是他的意思。他要考慮考慮。在這之前，他想問問我的意見。在得到我的指點之前，他想知道我對這件事是怎麼想的。我說我什麼也沒想，但是我覺得這很有意思。他問我是不是認為其中有欺騙，我覺得是有欺騙。他又問我是不是認為應該懲罰她，假使是我的話，我將怎麼做，我說我永遠也不可能知道，但我理解他想懲罰她的心情。我又喝了點酒。他點了

一支菸，說出了他的主意。他想給她寫一封信，「信裡狠狠地羞辱她一番，再給她點兒甜頭讓她後悔」。然後，等她來的時候，他就跟她睡覺，「正在要完事的時候」，他就吐她一臉唾沫，把她趕出去。我覺得這樣的話，的確，她也就受到了懲罰。但是，雷蒙說他覺得自己沒辦法寫好這封信，他想拜託我替他寫。由於我沒說什麼，他就問我是不是馬上寫方不方便，我說可以。

他喝完了一杯酒，站起來，把盤子和我們吃剩的冷香腸推開。他仔細地擦了擦鋪在桌上的漆布。他從床頭櫃的抽屜裡拿出一張方格紙，一個黃信封，一支紅木桿的蘸水鋼筆和一小方瓶紫墨水。他告訴我那女人的名字，我看出來是個摩爾人。我寫好信。信寫得有點兒隨便，不過，我還是盡力讓雷蒙滿意，因為我沒有理由不讓他滿意。然後，我高聲唸給他聽。他一邊抽菸、一邊聽，連連點頭。他請我再唸一遍。他非常滿意。他對我說：「我就知道你有生活經驗。」起初，我還沒發覺他已經用「你」來稱呼我了。只是

當他說「你現在是我的真正的朋友了，」這時我才感到驚奇。他又說了一遍，我說：「對。」做不做他的朋友，怎麼都行，他可是好像真有這個意思。他封上信，我們把酒喝完。我們默默地抽了會兒菸。外面很安靜，我們聽見一輛小汽車開過去了。我說：「時候不早了。」雷蒙也這樣想。他說時間過得很快。這從某種意義上說，的確是真的。我睏了，可又站不起來。我的樣子一定很疲倦，因為雷蒙對我說不該灰心喪氣。開始，我沒明白。他就解釋說，他聽說媽媽死了，但這是早晚會發生的事情。這也是我的看法。

我站起身來，雷蒙緊緊地握著我的手，說男人之間總是彼此理解的。我從他那裡出來，關上門，在漆黑的樓梯口待了一會兒。樓裡寂靜無聲，從樓梯洞的深處升上來一股隱約的、潮濕的氣息。我只聽見自己的心跳在耳際流動。我站著不動。老薩拉瑪諾的屋子裡，狗還在低聲哼哼。

4

這個星期，我工作做得很好。雷蒙來過，說他把信寄走了。我跟艾瑪努埃爾去了兩次電影院。銀幕上演的什麼，他不是常能看得懂，我得給他解釋。昨天是星期六，瑪麗來了，這是我們約好的。我見了她心裡直癢癢的，她穿了件紅白條紋的漂亮的連衣裙，腳上是皮涼鞋。一對結實的乳房隱約可見，陽光把她的臉曬成棕色，好像朵花。我們坐上公共汽車，到了離阿爾及爾幾公里外的一處海灘，那兒兩面夾山，岸上一溜蘆葦。四點鐘的太陽不太熱了，但水還很溫，層層細浪懶洋洋的。瑪麗教給我一種遊戲，就是游水的時候，仰著浪潮，喝一口水花含在嘴裡，然後翻過身來，把水朝天上吐出去。這樣，水就像一條泡沫的花邊散在空中，或像一陣溫雨落回到臉上。可是玩了一會兒，我的嘴就被海水燒得發燙。瑪麗這時游到了我身邊，她貼在

我身上。她把嘴對著我的嘴，伸出舌頭舔我的嘴唇。我們就這樣在水裡翻滾了一陣子。

我們在海灘穿好衣服，瑪麗望著我，兩眼閃閃發光。我吻了她。從這時起，我們再沒有說話。我摟著她，急忙找到公共汽車，回到我那裡就跳上了床。我沒關窗戶，我們感到夏夜在我們棕色的身體上流動，真是舒服極了。

早晨，瑪麗沒有走，我跟她說我們一道吃午飯。我下樓去買肉。上樓的時候，我聽見雷蒙的屋子裡有女人的聲音。過了一會兒，老薩拉瑪諾罵起狗來，我們聽見木頭樓梯上響起了鞋底和爪子的聲音，接著，在「混蛋！髒東西！」的罵聲中，他們上街了。我向瑪麗講了老頭兒的故事，她大笑。她穿著我的睡衣。捲起了袖子。她笑的時候，我的心裡又癢癢了。過了一會兒，她問我愛不愛她。我回答說這種話毫無意義，我好像不愛她。她好像很難過。可是在做飯的時候，她又無緣無故地笑起來了，笑得我又吻了她。就在這時，我們聽見雷蒙屋裡打起來了。

先是聽見女人的尖嗓門兒，接著是雷蒙說：「妳不尊重我，妳不尊重我。我要教妳怎麼不尊重我。」撲通撲通幾聲，那女人叫了起來，叫得那麼凶，樓梯口立刻站滿了人。瑪麗和我也出去了。那女人一直在叫，雷蒙一直在打。瑪麗說這真可怕，我沒答腔。她要我去叫警察，我說我不喜歡警察。不過，住在三層的一個水管工人叫來了一個。他敲了敲門，裡面沒有聲音了。他又用力敲了敲，過了一會兒，女人哭起來，雷蒙開了門。他嘴上叼著一支菸，樣子笑咪咪的。那女人從門裡衝出來，對警察說雷蒙打了她。警察問：「你的名字。」雷蒙回答了。警察說：「跟我說話的時候，把菸從嘴上拿掉。」雷蒙猶豫了一下，看了看我，又抽了一口。說時遲，警察照準雷蒙的臉，重重地、結結實實地來了個耳光。香菸飛出去幾米遠。雷蒙變了臉，但他當時什麼也沒說，只是低聲下氣地問警察他能不能拾起他的菸頭。警察說可以，但是告訴他：「下一次，你要知道警察可不是鬧著玩兒的。」那女人一直在哭。不住地說：「他打了我。他是個皮條客。」雷蒙問：「警察先

生，說一個男人是皮條客，這是合法的嗎？」但警察命令他「閉嘴」。雷蒙於是轉向那女人，對她說：「等著吧，小娘們兒，咱們還會見面的。」警察讓他閉上嘴，叫那女人走，叫雷蒙待在屋裡等著局裡傳訊。他還說，雷蒙醉了，顫抖成這副樣子，應該感到臉紅。這時，雷蒙向他解釋說：「警察先生，我沒醉。只是我在這兒，在您面前，身體不由自主地顫動著，我也沒辦法。」他關上門，人也都走了。瑪麗和我做好午飯。但她不餓，幾乎全讓我吃了。她一點鐘時走了，我又睡了一會兒。

快到三點鐘的時候，有人敲門，進來的是雷蒙。我仍舊躺著。他坐在床沿上。他沒說話，我問他事情的經過如何。他說他如願以償，但是她打了他一個耳光，他就打了她。剩下的，我都看到了。我對他說，我覺得她已受到懲罰，他該滿意了。他也是這樣想的。他還指出，警察幫忙也沒用，反正她是挨揍了。

他說他很了解警察，知道該如何對付他們。他還問我，當時是不是也在

等他回敬警察一下子，我說我當時根本沒有什麼想法，再說我不喜歡警察。雷蒙好像很滿意。他問我願意不願意跟他一塊兒出去。我下了床，梳了梳頭。他說我得做他的證人。怎麼都行，但我不知道應該說什麼。照雷蒙的意思，只要說那女人對他不尊重就夠了。我答應為他作證。

我們出去了，雷蒙請我喝了一杯白蘭地。後來，他想打一盤彈子，我差點贏了。他還想逛妓院，我說不，因為我不喜歡那玩意兒。於是我們慢慢走回去，他說他懲罰了他的女人，心裡高興得不得了。我覺得他對我挺友好的，我覺得這個晚上挺愉快的。

遠遠地，我看見老薩拉瑪諾站在門口，神色不安。我們走近了，我看到他沒牽著狗。他四下張望，左右亂轉，使勁朝黑洞洞的走廊裡看，嘴裡唸唸有詞，又睜著一雙小紅眼，仔細地在街上找。雷蒙問他怎麼了，他沒有立刻回答。我模模糊糊地聽到他嘟囔著：「混蛋！髒東西！」心情仍舊不安。我問他狗哪兒去了。他生硬地回答說牠走了。然後，他突然滔滔不絕地說起

來：「我像平常一樣，帶牠去練兵場散步。做買賣的棚子周圍人很多。我停下來看《國王散心》逃脫秀。等我再走的時候，牠不在那兒了。當然，我早想給牠買一個小點兒的頸圈。可是，我從來也沒想到這個髒東西竟然就這樣走了。」

雷蒙跟他說狗可能迷路了，牠就會回來的。他舉了好幾個例子，說狗能跑幾十公里找到主人。儘管如此，老頭兒的神色反而更不安了。「可您知道，他們會把牠弄走的。要是還有人收養牠就好了。但這不可能，牠一身斑瘡，誰見了誰噁心。警察會抓走牠的，肯定。」我於是跟他說，應該去收容所看看，付點錢就可領回來。他問錢是不是要很多。我不知道。於是，他發起火來：「為這個髒東西花錢！啊！牠還是死了吧！」他又開始罵起牠來。雷蒙大笑，鑽進樓裡。我跟了上去，我們在樓梯口分了手。過了一會兒，我聽見老頭兒的腳步聲，他敲敲我的門。我開開門，他在門檻上站了一會兒，說：「對不起，對不起！」我請他進來，但他不肯。他望著他的鞋尖兒，長

滿硬痂的手哆嗦著。他沒有看我，問道：「莫梭先生，您說，他們不會把牠抓走吧！他們會把牠還給我的。不然的話，我可怎麼活下去呢？」我對他說，送到收容所的狗保留三天，等待物主去領，然後就會視情況處置了。他默默地望著我。然後，他對我說：「晚安。」他關上門，我聽見他在屋裡走來走去。他的床咯吱咯吱響。我聽見透過牆壁傳來一陣奇怪的響聲，原來他在哭呢！我不知道為什麼忽然想起了媽媽。可是第二天早上我得早起。我不餓，沒吃晚飯就上了床。

5

雷蒙往辦公室給我打了個電話。他說他的一個朋友（他跟他說起過我）請我到他離阿爾及爾不遠的海濱木屋去過星期天。

我說我很願意去，不過我已答應和一個女友一塊兒過了。雷蒙立刻說他也請她。他朋友的妻子因為在一堆男人中間有了作伴的一定會很高興。

我本想立刻掛掉電話，因為老板不喜歡人家從城裡給我們打電話。但雷蒙要我等一等，他說他本來可以晚上轉達這個邀請，但他還有別的事情要告訴我。他說有一幫阿拉伯人盯了他整整一天，其中也有他過去那個女人的兄弟。「如果你晚上回去看見他們在我們的房子附近，你就先告訴我一聲。」我說一言為定。

過了一會兒，老板派人來叫我，我立刻不安起來，因為我想他一定又要

說少打電話多幹活兒了。其實，根本不是這麼回事。他說他要跟我談一個還很模糊的計畫。他只是想聽聽我對這個問題的意見。他想在巴黎設一個辦事處，直接在當地與一些大公司做買賣，他想知道我能否去那兒工作。這樣，我就能在巴黎生活，一年中還可旅行旅行。「你年輕，我覺得這樣的生活你會喜歡的。」我說對，但實際上怎麼樣都行。他於是問我是否對於改變生活不感興趣。我回答說生活是無法改變的，什麼樣的生活都一樣，我在這兒的生活並沒有什麼讓我不喜歡。他好像不滿意，說我答非所問，沒有雄心大志，這對做買賣是很糟糕的。他說完，我就回去工作了。我並不願意使他不快，但我看不出有什麼理由改變我的生活。仔細想想，我並非不幸。我上大學的時候，有過不少這一類的雄心大志。但是當我不得不輟學的時候，我很快就明白了，這一切實際上並不重要。

晚上，瑪麗來找我，問我願意不願意跟她結婚。我說怎麼樣都行，如果她願意，我們就這麼辦。於是，她想知道我是否愛她。我說我已經說過一次

了，這種話毫無意義，如果一定要說的話，我大概是不愛她。她說：「那為什麼又娶我呢？」我跟她說這無關緊要，如果她想，我們就可以結婚。再說，是她要跟我結婚的，我只要說行就了事了。她說：「結婚是一件大事。」我回答說：「不。」她沉默了一陣，一聲不響地望著我。後來她說話了。她只是想知道，如果這個建議出自另外一個女人，我和她的關係跟我和瑪麗的關係一樣，我會不會接受。我說：「當然。」她於是心裡想她是不是愛我，而我，關於這一點是一無所知。又沉默了一會兒，她低聲說我是個怪人，她就是因為這一點才愛我，也許有一天她會出於同樣的理由討厭我。我一聲不吭，沒什麼可說的。她微笑著挽起我的胳膊，說她願意跟我結婚。我說她什麼時候願意就什麼時候辦。這時我跟她談起老板的建議，瑪麗說她很願意認識認識巴黎。我告訴她我在那兒住過一陣，她問我巴黎怎麼樣。我說：「很髒。有鴿子，有黑乎乎的院子。人的皮膚是蒼白的。」

後來，我們出去走了走，逛了城裡的幾條大街。女人們很漂亮，我問瑪

麗她是否注意到了。她說她注意到了，還說她瞭解我的意思了。有一會兒，我們沒有說話。但我還是希望她和我在一起，我跟她說我們可以一塊兒去賽萊斯特那兒吃晚飯。她很想去，不過她有事。我們已經走近了我住的地方，我跟她說再見。她看了看我說：「你不想知道我有什麼事嗎？」我很想知道，但我沒想到要問她，而就是為了這她有著那種要責備我的神氣，看到我尷尬的樣子，她又笑了，身子一挺，把嘴唇湊上來。

我在賽萊斯特的飯館裡吃晚飯。我已開始吃起來，這時進來一個奇怪的小女人，她問我她是否可以坐在我的桌子旁邊。她當然可以。她的動作僵硬，兩眼閃閃發光，一張小臉像蘋果一樣圓。她脫下短外套，坐下，匆匆地看了一下菜單。她招呼賽萊斯特，立刻點完她要的菜，語氣準確而急迫。在等涼菜的時候，她打開手提包，拿出一小塊紙和一支鉛筆，事先算好錢，從小錢包裡掏出來，外加小費，算得準確無誤，擺在眼前。這時涼菜來了，她飛快地一掃而光。在等下一道菜時，她又從提包裡掏出一支藍鉛筆和一份本

星期的廣播節目雜誌。她仔仔細細地把幾乎所有的節目一個個勾出來。由於雜誌有十幾頁，整整一頓飯的工夫，她都在細心地做這件事。我已經吃完，她還在專心致志地做這件事。她吃完站起來，用剛才自動機械一樣準確的動作穿上外套，走了。我無事可幹，也出去了，跟了她一陣子。她在人行道的邊石上走，迅速而平穩，令人無法想像。她一往直前，頭也不回。最後，我看不見她了，也就回去了。我想她是個怪人，但是我很快就把她忘了。

在門口，我看見了老薩拉瑪諾。我讓他進屋，他說他的狗丟了，因為牠不在收容所。那裡的人對他說，牠也可能被軋死了。他問到警察局去搞清楚這件事是否是辦不到的，人家說這類事是沒有記錄的，因為每天都會發生，我對老薩拉瑪諾說他可以再弄一條狗，可是他請我注意他已經習慣和這條狗在一起了，這一點他說得很有道理。

我蹲在床上，薩拉瑪諾坐在桌前的一張椅子上。他面對著我，雙手放在膝蓋上。他還戴著他的舊氈帽。在發黃的小鬍子下面，他嘴裡含含糊糊不知

在說什麼。我有點討厭他了，不過我無事可幹，也沒有一點睡意。沒話找話，我就問起他的狗來。他說他是在他老婆死後有了那條狗。他結婚相當晚。年輕的時候，他曾經想演戲，所以當兵時，他在軍隊歌舞劇團裡演戲。但最後，他進了鐵路部門，他並不後悔，因為他現在有一小筆退休金。他和他老婆在一起並不幸福，但是，他也習慣了。她死後，他感到十分孤獨。於是他便跟一個工友要了一條狗，那時牠還很小。他得拿奶瓶餵牠。因為狗比人活得時間短，他們就一塊兒老了。「牠脾氣很壞，」薩拉瑪諾說：「我們倆常常吵架。不過，這總算還是一條好狗。」我說牠是好的品種，薩拉瑪諾好像很高興。他說：「您還沒在牠生病以前見過牠呢！牠最漂亮的是那一身毛。」自從這狗得了這種皮膚病，薩拉瑪諾每天早晚兩次給牠抹藥。但是據他看，牠真正的病是衰老，而衰老是治不好的。

這時，我打了個哈欠，老頭兒說他要走了。我跟他說他可以再待一會兒，對他狗的事我很難過，他謝謝我。他說媽媽很喜歡她的狗。說到她，他

稱她作「您那可憐的母親。」他猜想媽媽死後我該是很痛苦，我沒有說話。這時，他很快地，不大自然地對我說，他知道這一帶的人對我看法不好，因為我把母親送進了養老院，但他了解我，他知道我很愛媽媽。我回答說，我還不知道為什麼，我也不知道在這方面他們對我看法不好，但是我認為把母親送進養老院是件很自然的事，因為我雇不起人照顧她。「再說，」我補充說，「很久以來，她就和我無話可說，她一個人待著悶得慌。」他說：「是啊，在養老院裡，她至少還有伴兒。」然後，他告辭了。他想睡覺。現在他的生活變了，他有些不知如何是好。他不好意思地伸過手來，這是自我認識他以來的第一次，我感到他手上有一塊塊硬皮。他微微一笑，在走出去之前又說：「我希望今天晚上不要有狗叫。不然我會以為那是我的狗。」

6

今天是星期天，我總也睡不醒，瑪麗叫我，推我，才把我弄起來。我們沒吃飯，因為我們想早早去游泳。我感到腹內空空，頭也有點兒疼。我的香菸有一股苦味。瑪麗取笑我，說我「愁眉苦臉」。她穿了一件白色連衣裙，披散著頭髮。我說她很美，她開心地笑了。

下樓時，我們敲了敲雷蒙的門。他說他就下來。由於我很疲倦，也因為我們沒有打開百葉窗，不知道街上已是一片陽光，照在我的臉上，像是打了一記耳光。瑪麗高興得直跳，不住地說天氣真好。我感覺好了些，覺得肚子餓了。我跟瑪麗說了，她給我看看她的海灘袋子，裡面放著我們的游泳衣和一條浴布。我們就等雷蒙了，我們聽見他關上了門。他穿一條藍褲，短袖白襯衫，但是戴了一頂平頂草帽，引得瑪麗大笑。袖子外的胳膊很白，長著黑

毛。我看了有點不敢恭維。他吹著口哨下了樓，看樣子很高興。他朝著我說：「你好，伙計，」而對瑪麗則稱「小姐」。

前一天，我們去警察局了，我證明那女人「不尊重」雷蒙。他只受到警告就沒事了。他們沒有調查我的證詞。在門前，我們跟雷蒙說了說，然後我們決定去乘公共汽車。海灘並不很遠，但乘車去更快些。雷蒙認為他的朋友看見我們去得早，一定很高興。我們正要動身，雷蒙突然示意我看看對面。我看見一幫阿拉伯人正靠著菸草店的櫥窗站著。他們默默地望著我們，不過他們總是這樣看我們的，正好像我們是些石頭或枯樹一樣。

雷蒙對我說，左邊第二個就是他說的和他幹架那小子。他好像憂心忡忡的樣子，不過，他又說現在這件事已經了結了。瑪麗不大清楚，問我們是怎麼回事。我跟她說這些阿拉伯人恨雷蒙。瑪麗要我們立刻就走。雷蒙身子一挺，笑著說是該趕緊走了。

我們朝汽車站走去，汽車站還挺遠，雷蒙對我說阿拉伯人沒有跟著我

們。我回頭看了看，他們還在老地方，還是那麼冷默地望著我們剛剛離開的那地方。

我們上了汽車。雷蒙似乎完全放了心，不斷地跟瑪麗開玩笑。我感到他喜歡她，可是她幾乎不答理他。她不時望著他笑笑。

我們在阿爾及爾郊區下了車。海灘離公共汽車站不遠。但是要走過一個俯臨大海的小高地，然後就可下坡直到海灘。高地上滿是發黃的石頭和雪白的水仙花，襯著已經變得耀眼的藍天。瑪麗一邊走，一邊掄起她的海灘袋子打著花瓣玩兒。我們在一排排小別墅中間穿過，這些別墅的柵欄有的是綠色的，有的是白色的，其中有幾幢有陽台，一起隱沒在垂柳叢中，有幾幢光禿禿的，周圍一片石頭。走到高地邊上，就已能看見平靜的大海了，更遠些，還能看到一塊海岬，睡意朦朧地雄踞在清冽的海水中，一陣輕微的馬達聲在寧靜的空氣中傳到我們的耳邊。遠遠地，我們看見一條小拖網漁船在耀眼的海面上駛來，慢得像不動似的。瑪麗採了幾朵鳶尾花。從通往海邊的斜坡

上，我們看見有幾個人已經在游泳了。

雷蒙的朋友住在海灘盡頭的一座木屋裡，房子背靠峭壁。前面的木樁已經泡在水裡。雷蒙給我們做了介紹。他的朋友叫馬松。他高大，魁梧，肩膀很寬，而他的妻子卻又矮又胖，和藹可親，一口巴黎腔。他立刻跟我們說不要客氣，他做了炸魚，魚是他早上剛釣的。他說他的房子真漂亮。他告訴我他在這兒過星期六、星期天和所有的假日。他又說：「跟我的妻子，大家會合得來的。」的確，他的妻子已經和瑪麗有說有笑了。也許是第一次，我真想到我要結婚了。

馬松想去游泳，可他妻子和雷蒙不想去。我們三個人走出了木屋，瑪麗立刻就跳進水裡了。馬松和我稍等了一會兒。他說話慢悠悠的，而且不管說什麼，總要加一句「我甚至還要說」，其實，對他說的話，他根本沒有進一步加以說明。談到瑪麗時，他對我說：「她真好看，我甚至還要說，真是迷人！」後來，我就不再注意他這口頭語，一心只去享受太陽曬在身上的舒服

勁兒了。沙子開始燙腳了。我真想下水，可我又拖了一會兒，最後我跟馬松說：「下水吧？」就扎進水裡。他慢慢走進水裡，直到站不住了，才鑽進去。他游蛙泳，游得相當差勁，我只好撇下他去追瑪麗。水是涼的，我游得很高興。我和瑪麗游遠了，我們覺得，我們在動作上和愉快心情上都是協調一致的。

到了遠處，我們改做仰游。我的臉朝著天，一層薄薄的水幕漫過，流進嘴裡，就像帶走了一片陽光。我們看見馬松游回海灘，躺下曬太陽。遠遠地望去，他真是一個龐然大物。瑪麗想和我一起游。我游到她後面，抱住她的腰，她在前面用胳膊划水，我在後面用腳打水。嘩嘩的打水聲一直跟著我們，直到我覺得累了。於是，我放開瑪麗，往回游了，我恢復了正常的姿勢，呼吸也自如了。在海灘上，我趴在馬松身邊，把臉貼在沙子上。我跟他說：「真舒服！」他同意。不一會兒，瑪麗也來了。我翻過身子，看著她走過來。她渾身是水濕淋淋地，頭髮甩在後面。她緊挨著我躺下，她身上的熱

氣，太陽的熱氣，烤得我迷迷糊糊睡著了。

瑪麗推了推我，說馬松已經回去了，該吃午飯了。我立刻站起來，因為我餓了，可是瑪麗跟我說整個早上都還沒吻過她呢！這是真的，不過我真想吻她。「到水裡去。」她說。我們跑起來，迎著一片細浪撲進水裡。我們划了幾下，瑪麗貼在我身上。我覺得她的腿夾著我的腿，我感到一陣衝動。

我們回來時，馬松已經在喊我們了。我說我很餓，他立刻對他妻子說他喜歡我。麵包很好，我狼吞虎嚥地把我那份魚吃光。接著上來的還有肉和炸馬鈴薯。我們吃著，沒有人說話。馬松老喝酒，還不斷地給我倒。上咖啡的時候，我的頭已經昏沉沉的了。我抽了很多菸。馬松、雷蒙和我，我們三個計畫八月份在海灘過，費用大家一起出。瑪麗忽然說道：「你們知道幾點了嗎?才十一點半呀！」我們都很驚訝，可是馬松說飯就是吃得早，這也很自然，肚子餓的時候就是吃午飯的時候。我不知道為什麼這竟使得瑪麗笑起來。我認為她有點兒喝多了。

馬松問我願不願意跟他一起到海灘上走走。「我老婆午飯後總要睡午覺。我嘛，不喜歡這個。我得走走。我總跟她說這對健康有好處。不過，這是她的權利。」瑪麗說她要留下幫助馬松太太刷盤子。那個小巴黎女人說要幹這些事，得把男人趕出去。我們三個人走了。

太陽幾乎是直射在沙上，海面上閃著光，刺得人睜不開眼睛。海灘上一個人也沒有。從建在高地邊上、俯瞰著大海的木屋中，傳來了杯盤刀叉的聲音。石頭的熱氣從地面反上來，熱得人喘不過氣來。開始，雷蒙和馬松談起一些我不知道的人和事。我這才知道他們認識已經很久了，甚至還一塊兒住過一陣。我們朝海水走去，沿海邊走著。有時候，海浪漫上來，打濕了我們的布鞋。我什麼也不想，因為我沒戴帽子，太陽曬得我昏昏欲睡。

這時，雷蒙和馬松說了句什麼，我沒聽清楚。但就在這時，我看見在海灘盡頭離我們很遠的地方，有兩個穿藍色司爐工裝的阿拉伯人朝我們這個方向走來。我看了看雷蒙，他說：「就是他。」我們繼續走著。馬松問他們怎

麼會跟到這兒來。我想他們大概看見我們上了公共汽車，手裡還拿著去海灘的袋子，不過我什麼也沒說。

阿拉伯人走得很慢，但離我們已經近得多了。我們沒有改換步伐，但雷蒙說了：「如果要打架，你，馬松，你對付第二個。我嘛，我來收拾那個傢伙。你，莫梭，如果再來一個，就是你的。」我說：「好。」馬松把手放進口袋。我覺得曬得發熱的沙子現在都燒紅了。我們邁著均勻的步子朝阿拉伯人走去。我們之間的距離越來越小。當距離只有幾步遠的時候，阿拉伯人站住了。馬松和我，我們放慢了步子。雷蒙直奔他那個傢伙。我沒聽清楚他跟他說了什麼，只見那個人擺出一副不買帳的樣子。雷蒙上去就是一拳，同時招呼一聲馬松。馬松衝向他給他指定的那一個，奮力砸了兩拳，把那個人打進水裡，臉朝下，好幾秒鐘沒有動，頭周圍咕嚕咕嚕冒上一片水泡，隨即破了。這時，雷蒙也在打，那個阿拉伯人滿臉是血。雷蒙轉身對我說：「看著他的手要掏什麼。」我朝他喊：「小心，他有刀！」可是，雷蒙的胳膊已給

劃開了，嘴上也挨了一刀。

馬松縱身向前一跳。那個阿拉伯人已從水裡爬起來，站到了拿刀的那人身後。我們不敢動了。他們慢慢後退，不住地盯著我們，用刀逼住我們。當他們看到已退到相當遠的時候，就飛快地跑了。我們待在太陽底下動不得，雷蒙用手捂住滴著血的胳膊。

馬松說有一位來這兒過星期天的醫生，住在高地上。雷蒙想馬上就去。但他一說話，嘴裡就有血泡冒出來。我們扶著他，儘快地回到木屋。雷蒙說他只傷了點皮肉，可以到醫生那裡去。馬松陪他去了，我留下把發生的事情講給兩個女人聽。馬松太太哭了，瑪麗臉色發白。我呢，給她們講這件事讓我心煩。最後，我不說話了，望著大海抽起菸來。

快到一點半的時候，雷蒙和馬松回來了。胳膊上纏著繃帶，嘴角上貼著膠布。醫生說不要緊，但雷蒙的臉色很陰沉。馬松想逗他笑，可是他始終不吭聲。後來，他說他要到海灘上去，我問他到海灘上什麼地方，他說隨便走

走喘口氣。馬松和我說要陪他一起去。於是，他發起火來，罵了我們一頓。馬松說那就別惹他生氣吧！不過，我還是跟了去。

我們在海灘上走了很久。太陽現在酷熱無比，曬在沙上和海上，散成金光點點。我覺得雷蒙知道去那兒，但這肯定是個錯誤的印象。我們走到海灘盡頭，那兒有一眼小水泉，水在一塊巨石後面的沙窩裡流著。在那兒，我們看見了那兩個阿拉伯人。他們躺著，穿著油膩的藍色工裝。他們似乎很平靜，差不多也很高興。我們來了，並未引起任何變化。用刀刺了雷蒙的那個人一聲不吭地望著他。另一個吹著一截小蘆葦管，一邊用眼角瞄著我們，一邊不斷重複著那東西發出的三個音。

這時候，周圍只有陽光、寂靜、泉水的輕微的流動聲和那三個音了。雷蒙的手朝裝著手槍的口袋裡伸去，可是那個人沒有動，他們一直彼此對視著。我注意到吹笛子的那個人的腳趾分得很開。雷蒙一邊盯著他的對頭，一邊問我：「我幹掉他？」我想我如果說不，他一定會火冒三丈，非開槍不

可。我只是說：「他還沒說話呢！這樣就開槍不好。」在寂靜和炎熱之中，還聽得見水聲和笛聲。雷蒙說：「那麼，我先罵他一頓，他一還口，我就幹掉他。」我說：「就這樣吧，但是如果他不掏出刀子，你不能開槍。」雷蒙有點火了。那個人還在吹，他們倆注意著雷蒙的一舉一動。我說：「不，還是一個對一個，空手對空手吧！把槍給我。如果另一個上了，或是他掏出了刀子，我就幹掉他。」

雷蒙把槍給我，太陽光在槍上一閃。不過，我們還是站著沒動，好像周圍的一切把我們裹住了似的。我們一直眼對眼地相互盯著，在大海、沙子和陽光之間，一切都停止了，笛音和水聲都已消失。這時我想，可以開槍，也可以不開槍。突然間，那兩個阿拉伯人倒退著溜到山岩後面。於是，雷蒙和我就往回走了。他顯得好了些，還說起了回去的公共汽車。

我一直陪他走到木屋前。他一級一級登上木台階，我在第一級前站住了，腦袋被太陽曬得嗡嗡直響，一想到要費力氣爬台階和還要跟那兩個女人

說話，就洩氣了，可是天那麼熱，一動不動地待在一片從天而降的耀眼的光雨中，也是夠難受的。待在那裡，還是走開，其結果是一樣的。過了一會兒，我朝海灘轉身過去，邁步往前走了。

到處依然是一片火爆的陽光。大海急遽地喘息，把它細小的浪頭吹到沙灘上。我慢慢地朝山岩走去，覺得太陽曬得額頭膨脹起來。熱氣整個兒壓在我身上，我簡直邁不動腿。每逢我感到一陣熱氣撲到臉上，我就咬咬牙，握緊插在褲兜裡的拳頭，我全身都繃緊了，決意要戰勝太陽，戰勝它所引起的這種不可理解的醉意。從沙礫上、雪白的貝殼或一片碎破璃上反射出來的光亮，像一把把利劍劈過來，劍光一閃，我的牙關就收緊一下。我走了一段很長的時間。

遠遠地，我看見了那一堆黑色的岩石，陽光和海上的微塵在它周圍罩上一圈炫目的光環。我想到了岩石後面的清涼的泉水。我想再聽聽淙淙的水聲，想逃避太陽，不再使勁往前走，不再聽女人的哭聲。總之，想找一片陰

影休息一下。可是當我走近了，我看見雷蒙的死對頭又回來了。

他是一個人，仰面躺著，雙手枕在腦後，頭在岩石的陰影裡，身子露在太陽底下。藍色工裝被曬得冒熱氣。我有點兒吃驚。對我來說，那件事已經完了，我來到這兒，根本沒想那件事。

他一看見我，就稍稍欠了身，把手插進口袋裡。我呢，自然而然地握緊了口袋裡雷蒙的那支手槍。他又朝後躺下了，但是並沒有把手從口袋裡抽出來。我離他還相當遠，約有十幾米吧！我隱隱約約地看見，在他半閉的眼皮底下目光不時地一閃。然而最經常的，卻是他的面孔在我眼前一片燃燒的熱氣中晃動。

海浪的聲音更加有氣無力，比中午的時候更加平靜。還是那一個太陽，還是那一片光亮，還是那一片伸展到這裡的沙灘。兩個鐘頭了，白晝沒有動；兩個鐘頭了，它在這一片沸騰的金屬的海洋中拋下了錨。天邊駛過一艘小輪船，我是瞥見那個小黑點的，因為我始終盯著那個阿拉伯人。

我想只要我一轉身，事情就完了。可是整個海灘在陽光中顫動，在我身後擠來擠去。我朝水泉走了幾步，阿拉伯人沒有動。不管怎麼說，他離我還相當遠。也許是因為他臉上的陰影吧，他好像在笑。我等著，太陽曬得我兩頰發燙，我覺得汗珠聚在眉峰上。那太陽和我安葬媽媽那天的太陽一樣，頭也像那天一樣難受，皮膚下面所有的血管都一齊跳動。我熱得受不了，又往前走了一步。我知道這是愚蠢的，我走一步並逃不過太陽。但是我往前走了一步，僅僅一步。這一次，阿拉伯人沒有起來，卻抽出刀來，迎著陽光對準了我。刀鋒閃閃發光，彷彿一把寒光四射的長劍刺中了我的額頭。

就在這時，聚在眉峰的汗珠一下子流到了眼皮上，蒙上一層溫熱鹹鹹的，模模糊糊的水幕。這一淚水和海水攙和在一起的水幕使我的眼睛什麼也看不見。我只覺得鐃鈸似的太陽扣在我的頭上，那把刀刺眼的刀鋒總是隱隱約約地對著我。滾燙的刀尖穿過我的睫毛，挖著我的痛苦的眼睛。

就在這時，一切都搖晃了。大海呼出一口沉悶而熾熱的氣息。我覺得天

門洞開，向下傾瀉著大火。我全身都綳緊了，手緊緊握住槍。槍機扳動了，我摸著了光滑的槍柄，就在那時，猛然一聲震耳的巨響，一切都開始了。我甩了甩汗水和陽光。我知道我打破了這一天的美好平衡，打破了海灘上不尋常的寂靜，而在那裡我曾是幸福的。這時，我又對準那具屍體開了四槍，子彈打進去，也看不出什麼來。然而，短促地叩了四下，卻好像是我親自敲開了通往厄運之門了。

第二部

面對充滿星光和默示的夜，
我第一次向這個世界動人的冷漠敞開了心扉，
我體驗到這個世界如此像我，如此融洽友愛，
我覺得我過去曾經是幸福的，
現在依然是幸福的。

1

我被捕之後，很快就被審訊了好幾次，但訊問的內容都是認明身分之類的，時間並不長。第一次是在警察局，我的案子似乎誰也不感興趣。八天之後，一位預審法官倒是好奇地看了看我。不過開始時，他也只是問問姓名、住址、職業、出生年月和地點。然後，他想知道我是否找了律師。我說沒有，還問他是不是一定要有一個。「為什麼這樣問呢？」他說。我回答說我認為我的案子很簡單。他微笑著說：「這是一種看法。不過，法律就是法律。如果您不找律師的話，我們將為您指定一個臨時的。」我覺得法院還管這等小事，真是方便得很。我對他說了我的這一看法。他表示贊同，說法律制訂得很好。

開始，我沒有認真對待他。他是在一間掛著窗簾的房子裡接待我的，他

的桌子上只有一盞燈，照亮了他讓我坐的那把椅子，而他自己卻坐在黑暗中。我已經在書裡讀過類似的描寫了，在我看來這一切都是一場遊戲。談話之後，我看清他了，我看到一個五官清秀的人，深藍的眼睛，身材高大，長長的灰色小鬍子，一頭幾乎全白的頭髮。我認為他是通情達理的，總之是和藹可親的，雖然有時一種不由自主的抽搐扯動了他的嘴。出去的時候，我甚至想伸出手來跟他握手，幸虧我及時地想起來我殺過一個人。

第二天，一位律師到監獄裡來看我。他又矮又胖，相當年輕，頭髮梳得服服貼貼。儘管天熱（我只穿著背心），他卻穿著一身深色衣服，硬領子、繫著一條很怪的領帶，上面有黑色和白色的粗大條紋。他把夾在胳膊下的皮包放在我的桌上，自我做了介紹，對我說他研究了我的材料。我的案子不好辦，但是如果我信任他，勝訴是沒有疑問的。我向他表示感謝，他說：「那咱們言歸正傳吧！」

他在我的床上坐下，對我說，他們已經了解了我的私生活。他們知道了

我媽媽最近死在養老院裡。他們到馬朗戈去做過調查。預審法官們知道了我在媽媽下葬的那天「表現得麻木不仁」。我的律師對我說：「您知道，我有點不好意思問您這些事。但這很重要。假使我無言以對的話，這將成為起訴的一條重要的根據。」他希望我協助他。他問我那一天是否感到難過，這個問題使我十分驚訝，我覺得要是我提起這個問題的話，我會很為難的。不過，我回答他說我有點失去了回想的習慣，我很難向他提供情況。毫無疑問，我很愛媽媽，但是這也無法說明任何問題。所有健康的人都或多或少盼望過他們所愛的人死去。說到這兒，律師打斷了我，顯得激動不安。他要我保證不在庭上說這句話，也不在預審法官那兒說。不過，我對他說我有一種天性，就是肉體上的需要常常使我的感情混亂。安葬媽媽的那天，我很疲倦，也很睏，我根本沒體會到那天的事的意義。我能夠肯定地說的，就是我更希望媽媽不要死。但是，我的律師沒有顯出高興的樣子。他對我說：「這還不夠。」

他想了想。他問我他是否可以說那一天我是控制住了我天生的感情。我對他說：「不能，因為這是假話。」說完，他以一種幾乎很奇怪的方式望了望我，彷彿我使他感到有些厭惡似的。他幾乎是不懷好意地說，無論如何，養老院的院長和工作人員將會出庭作證，這將會使我「極其不利」。我請他注意這件事和我的案子沒有關係，他只是說，「很明顯的，你是從來都沒和法院打過交道。」

他很生氣地走了。我真想叫住他，向他解釋說我希望得到他的同情，不是為了得到更好的辯護，而是，如果我可以這樣說的話，得到合乎人性的辯護。特別是我看到我使他很不高興。他不理解我，他有點怨恨我。我想對他說，我和大家一樣，絕對地和大家一樣。可是，這一切實際上並沒有多大用處，而且我也懶得去說了。

不久之後，我又被帶到預審法官面前。時間是午後兩點鐘，這一次，他的辦公室裡很亮，只有一層紗窗簾擋住陽光。天氣很熱。他讓我坐下，他很

客氣地對我說，我的律師「因為很不湊巧」沒能過來。但是，我有權利不回答他的問題，等待我的律師來幫助我。我說我可以單獨回答。他用指頭按了按桌上的一個電鈕。一個年輕的書記過來，幾乎就在我的背後坐下了。

我們倆都舒舒服服地坐在椅子上。訊問開始。他首先說人家把我描繪成一個生性緘默孤僻的人，他想知道對此我有什麼看法。我回答說：「因為我沒什麼可說的，於是我就不說話。」他像第一次一樣笑了笑，承認這是最好的理由，接著又補充了一句：「再說，這無關要緊。」他不說話了，看了看我，然後相當突然把身子一挺，很快地對我說：「我真正感興趣的，是您這個人。」我不大明白他說的是什麼意思，沒有回答。他又說：「在您的犯行中，有些事情我不大明白。我相信您將幫助我說清楚。」我說一切都很簡單。他讓我把那天的情形再講一遍。我把對他講過的東西又說了一遍：雷蒙、海灘、游泳、打架，又是海灘、小水泉、太陽和開了五槍。我每說一句，他都說：「好！好！」當我說到直躺在地上的屍體時，他同意地說道：

「很好。」而我呢，翻來覆去地說一件事已經讓我煩了，我覺得我從來沒有說過這麼多的話。

他停了一會兒，站了起來，對我說他願意幫助我，我使他感興趣，如果上帝幫忙的話，他一定能為我做點什麼。不過，在此之前，他想先問我幾個問題。開門見山，他問我是不是愛媽媽。我說：「愛，像大家一樣。」一直有節奏地敲著打字機的書記一定是按錯了鍵子，因為他很不自在，不得不往回鍵重來一次。法官又問我——表面上看不出有什麼邏輯性——是不是連續開了五槍。於是他又問：「為什麼您在第一槍和第二槍之間停了停？」這時，我又看見了那陽光火爆的海灘，我又感到了太陽炙烤著我的額頭。但是這一次我什麼也沒說。在一片沈默中，法官好像坐立不安。他坐下來，抓了抓頭髮，把胳膊肘支在桌子上，微微朝我俯下身來，神情很奇特：「為什麼，為什麼您還往一個死人身上開槍呢？」這個問題，我也不知如何回答。法官把雙手放在前額上，重複了他的問題，聲音都有點兒變了：「為什麼？

您得對我說。為什麼？」我一直沒說一句話。

突然，他站了起來，大步走到他的辦公室一頭的一個檔案櫃前，拉開一個抽屜。他拿出一個銀十字架，一邊搖晃著，一邊朝我走來。他的聲音完全變了，幾乎是顫抖地大聲問我：「這件東西，您認得嗎？」我說：「認得，當然認得。」於是，他很快地、熱情洋溢地說他相信上帝，他的信念是任何一個人也不會罪孽深重到上帝不能饒恕的程度，但是他必須悔過，要變成像孩子那樣，靈魂是空的，什麼都能接受。他整個身子都俯在桌子上，差不多就在我的頭頂上搖晃著十字架。說真的，他的這番推理，我真跟不上，首先是因為我很熱，他的辦公室裡有幾隻大蒼蠅，落在我的臉上，也因為我有點兒怕他。不過我認為這是可笑的，因為無論如何罪犯畢竟還是我。可是，他還在說。我差不多聽明白了，據他看，在我的供詞中只有一點不清楚，那就是停頓了一下才開第二槍這一事實。其餘的都很明白，但這一點，他不懂。我正要跟他說他這樣固執是沒有道理的，因為這最後一點並不那麼重要。但

他打斷了我，挺直了身子，勸告了我一番，問我是否信仰上帝。我回答說不。他憤怒地坐下了，說這是不可能的，所有的人都信仰上帝，甚至那些背棄上帝的人都信仰上帝。這是他的信念，如果他要懷疑這一點的話，他的生活就失去了意義。他叫道：「您難道要使我的生活失去意義嗎？」我認為，這與我無關，我跟他說了。但他已經隔著桌子把刻著基督受難像的十字架伸到我的眼皮底下，瘋狂地大叫起來：「我，我是基督徒。我要請求祂饒恕你的罪過。你怎麼能不相信祂是為你而受難呢？」我清楚地注意到他用「你」來稱呼我了，但我已厭倦了。屋子裡越來越熱。跟平時一樣，當我想擺脫一個我不願意聽他說話的人時，我就做出贊同的樣子。出乎我的意料，他竟真的以為是打了勝仗了：「你看，你看，」他說，「你是不是也信了？你是不是要把真話告訴祂了？」當然，我又說了一次「不」。他一屁股坐在他的椅子上。

他好像很累，沉默了好久沒說話，而打字機一直跟著我們的對話，還在

打著最後的幾句話。然後，他注視著我，有點兒傷心，輕聲地說：「我從未見過像您這樣頑固的靈魂。來到我面前的罪犯看到這個受苦受難的形象，沒有不痛哭流涕的。」我正要回答他說這是因為他們犯了罪，可是我又想起來我也跟他們一樣。這種想法我卻總是不能習慣。這時，法官站了起來，好像告訴我審訊已經結束。他的樣子還是那麼厭倦，只問了問我對我的行動是否感到悔恨。我想了想，說與其說是真正的悔恨，不如說是某種厭煩。我覺得他不明白我的話。不過，那天發生的事情也就到此為止了。

後來，我經常見到這位預審法官。只是我每次都有律師陪著。他們只是讓我對過去說過的東西的某些地方再明確一下，或者是法官和我的律師討論控告的罪名。但實際上，這些時候他們根本就不管我了。反正是漸漸地，審訊的調子變了。好像法官對我已經不感興趣了，他已經以某種方式把我的案子歸檔了。他不再跟我談上帝了，我也再沒有看見他像第一次那樣激動過。結果，我們的談話反而變得更親切了。提幾個問題，跟我的律師聊聊，審訊

就結束了。用法官的話說，我的案子照常進行。有時候，如果談的是一般性的問題，他們也會讓我加入話題。我開始能喘口氣來了。這時，人人對我都不壞。一切都是這樣自然，解決得這樣好。演得這樣乾淨俐落，竟至於我有了「和他們都是自家人」的可笑感覺。預審持續了十一個月，我可以說，我有點兒驚奇的是，有生以來最使我快活的竟是有那麼不多的幾次，法官把我送到他的辦公室門口，拍著我的肩膀親切地說：「今天就到此為止，反基督先生。」然後，他們再把我交到法警手裡。

2

有些事情我是從來也不喜歡談的。自從我進了監獄之後，沒過幾天我就知道，我將來是不喜歡談論我這一段生活的。

不過，後來我也沒發現反感有什麼必要。實際上，頭幾天我並不是真的在坐牢，我模模糊糊地等著什麼新情況。直到第一次，也是唯一的一次，瑪麗來看我之後，一切才開始。從我收到她的信那一天起（她說人家不允許她再來了，因為她不是我的妻子）。就是從那一天起，我才感到我住的地方是牢房，我的生活就到此為止的真實感了。我被捕的那一天，他們先把我關在一間已經有好幾個囚犯的牢房裡，其中大部分是阿拉伯人。他們看見我都笑了。然後他們問我犯了什麼事兒。我說我殺了一個阿拉伯人，他們就都不說話了。但過了一會兒，天就黑了。他們告訴我怎樣鋪睡覺的蓆子。把一端捲

起來，就可以做成一個長枕頭。整整的一夜，臭蟲在我臉上爬。幾天之後，我被關進一個單人房，睡在一塊木板上。我還有一個便桶和一個鐵盆兒。監獄建在本城的高地上，透過一個小窗口，我可以看見大海。有一天，我正抓著鐵欄杆，臉朝著有亮的地方，一個看守進來，說有人來看我。我想應該是瑪麗。果然就是她。

要到接待室去，得穿過一條長走廊，上一段台階，最後再穿過一條走廊。我走進去，那是一個明亮的大廳，光線是從一個大窗戶裡射進來的。兩道大鐵柵橫著把大廳分成三部分。兩道鐵柵之間相距約八到十米，把探望的人和囚犯隔開。我看見瑪麗在我面前，她穿著帶條子的連衣裙，臉曬得黑黑的。跟我站在一起的有十幾個囚犯。瑪麗周圍都是摩爾人，身旁的兩個，一個是身材矮小的老太太，緊閉著嘴唇，穿著黑衣服，另一個是沒戴帽子的胖女人，說話指手畫腳，聲音很高。由於鐵柵間的距離，探望的人和囚犯都不得不高聲叫嚷。我進去之後，吵吵嚷嚷的聲音傳到光禿禿的大牆上又折回

來，明亮的陽光從天上瀉到玻璃上射進大廳，使我感到頭昏眼花，我的牢房又靜又暗。我得有好幾秒鐘才能適應。但是，我最後還是看清了呈現在光亮中的每一張面孔。我注意到一個看守坐在鐵柵間通道的盡頭。大部分阿拉伯囚犯和他們的家人都面對面地蹲著。他們不大叫大嚷。儘管大廳裡亂糟糟的，他們低聲說話，彼此還聽得見。他們沈悶的低語聲從下面升上來，在他們頭上來往穿行的談話聲中，好像是一個持續不斷的低音部。這一切，我都是在朝著瑪麗走去時注意到的。她已經緊緊地貼在鐵欄杆上，竭力朝著我笑。我覺得她很美，但我不知道怎樣和她說這件事。

「怎麼樣？」她大聲問道。

「就是這樣。」

「身體好嗎？需要的東西都有嗎？」

「好，都有。」

我們都不說話了，瑪麗一直在微笑。那個胖女人對著我身邊的一個大

叫，那人無疑是她的丈夫，個子很高，金髮，目光坦率。我聽到的是一段先前已經開始談話的下文。

「珍娜不肯去照顧他。」她扯著嗓子大叫。

「哦，哦。」那男人說。

「我跟她說你出來後會再接她回來的，她還是不願意。」

瑪麗也對我大聲說雷蒙問我好，我說：「謝謝。」但我的聲音被我旁邊那人，他正問「他可好」給蓋住了。他老婆笑著回答道：「他的身體從來沒有這樣好過。」我左面是個矮小的年輕人，手很纖細。他什麼也不說。我注意到他對面是那位小老太太，兩個人緊緊地互相望著。不過我沒有時間再觀察他們了，因為瑪麗對我喊道不要放棄希望。我說：「是啊。」同時，我望著她，我真想隔著裙子摟住她的肩膀，我真想摸摸這細膩的布料，我不太清楚除此之外還應該盼望什麼。但肯定這也是瑪麗剛才在想的事，因為她一直對著我微笑。我只看到她發亮的牙齒和眼角上細細的皺紋。她又喊道：「你

會出來的，出來就結婚！」我回答道：「妳相信嗎？」但主要是為了找點話說罷了。她於是很快地大聲說她相信，我將被釋放，我們還去游泳。但那個女人又吼起來了，說她在書記室留了個籃子。她一樣一樣講她放在裡面的東西，要查對一下，因為這些東西很貴。我另一邊的鄰居和他母親一直互相望著。地上蹲著的阿拉伯人在繼續低聲交談。外面的光線好像越來越強，直射在窗戶上。

我感到有些不舒服，真想走開。嘈雜聲讓我難受。但另一方面，我又想多看看瑪麗。我不知道過了多少時間。瑪麗跟我講她的工作，她不住地微笑。低語聲，喊叫聲，談話聲交織成一片。唯有我身邊那個矮小的年輕人和那個老太太之間是一個寂靜的小孤島，他們只是互相望著。漸漸地，阿拉伯人都被帶走了。第一個人一走，幾乎所有的人都不說話了。那個小老太太走近鐵欄杆，這時一個看守向她的兒子打了個手勢。他於是說：「再見，媽媽。」她把手從兩根鐵欄杆間伸出來，慢慢地，持續地擺了擺。

她一走，一個男人進來，手裡拿著帽子，占了她留下的那塊地方。這一邊也有一個犯人被帶了進來，他們熱烈地談了起來，但聲音很小，因為大廳已經安靜下來了。有人來叫我右邊的那個人了，他老婆並沒有放低聲音，好像她沒有注意到已經不需要喊叫了：「保重，小心。」然後就該我了。瑪麗做出吻我的姿勢。我在出去之前又回了回頭。她站著不動，臉緊緊地貼在鐵柵欄，呈現出僵硬而扭曲的、不自然的微笑。

她的信是那以後不久寫的。那些我從來也不喜歡講的事情也是從這時候開始的。不管怎麼說，不該有任何的誇大，這件事我做起來倒比別的事容易。在我被監禁的開始，最使我感到難以忍受的是，我還常有一些自由人的念頭。例如，我想去海灘，朝大海走去。我想像著最先沖到我的腳下的海浪的聲響，身體跳進水裡以及我所感到的解脫，這時我才一下子感到了牢房的四壁相距是多麼的近。但這些只持續了幾個月。然後，我的想法就跟其他囚犯沒什麼兩樣了。我等待著每日在院子裡放風或我的律師來訪。其餘的時

間，我也安排得很好。

我常常想，如果讓我住在一棵枯樹幹裡，除了抬頭看看天上的流雲之外無事可幹，久而久之，我也會習慣的。我會等待著鳥兒飛過或白雲相會，就像在這裡等著我的律師的奇特的領帶，或者就像我在另一個世界裡耐心等到星期六擁抱瑪麗的肉體一樣。何況，認真想想，我並不在一棵枯樹幹裡。還有比我更不幸的人。不過，這是媽媽的一個想法，她常常說，到頭來，人什麼都能習慣。

況且，一般地說，我並沒有到這種程度。開頭幾個月很苦。但是我不得不咬緊牙關、努力克制，也就撐過來了。例如，我老是想女人。這很自然，我還年輕嘛！我從不特別想到瑪麗。我是想到女人，隨便哪一個女人，所有我過去認識的女人，想到我愛過她們的各種各樣的場合，想來想去，牢房裡竟充滿了一張張女人的面孔，到處只見我的性慾的衝動。從某種意義上說，這使我的精神失常，但從另一種意義上說，這卻使我消磨了時間。我終於贏

得了看守長的好感，他總是在開飯的時候跟廚房的伙計一道來。是他先跟我談起了女人。他跟我說這也是其他人所抱怨的頭一件大事。我對他說我跟他們一樣，我認為這種待遇不公正。「可是，」他說，「正是為了這個才讓您坐監獄呀！」

「什麼？為了這個？」

「是啊，自由，就是這個呀！您被剝奪了自由。」

我從來沒想到這一層。我同意他的看法，我說：「不錯，不然的話，懲罰什麼呢？」

「對，您能明白這個事理最好。但有些人不懂。最後他們還是會自己想辦法了解的。」看守長說完就走了。

還有香菸也是個問題。我進監獄的時候，他們拿去了我的腰帶，我的鞋帶，我的領帶，口袋裡所有的東西，特別是我的香菸。一進牢房，我就要求他們還給我。但他們對我說這裡禁止吸菸。頭幾天真難過。也許是這件事使

我最為沮喪。我從床板上撕下幾塊木頭來啃吸著。我整天想吐。我不明白，他們為什麼不讓我抽菸，抽菸並不損害任何人。後來我明白了，這也是懲罰的一部分，但這時候，我對不抽菸也已經習慣了，這個懲罰對我已不成其為懲罰了。

除了這些煩惱外，我不算太不幸。全部的問題，我再說一遍，還是如何消磨時間。從我學會了回憶的那個時刻起，我就一點兒也不感到煩悶了。有時候，我想我從前住的房子。在想像中，我從一個角落開始走，再回到原處，心裡數著一路上所看到的東西。開始，很快就數完了。但每一次重新開始，就變得稍微長了些。因為我想起了每一件家具，每一件家具上的每一件東西，每一件東西的全部細小的地方，而那些細小的地方本身，還有鑲嵌著什麼啦，一道裂縫啦，一條有缺口的邊啦，還有顏色和木頭的紋理啦！同時，我還試圖讓我這份清單不要斷了線，試圖把每一件東西都全部列舉一遍。結果，幾個星期之後，單單數我房間裡的東西，我就能過好幾個鐘頭。

這樣，我越是想，想出來的原已忘記或根本認不出的東西就越多。於是，我明白了——一個人哪怕只生活過一天，也可以毫無困難地在監獄裡過上一百年——他會有足夠的東西來回憶而不至於感到煩悶無聊。從某個意義上說，這也是一種好處。

還有睡覺。開始，我夜裡睡不好，白天根本睡不著。漸漸地，夜裡睡得好，白天也能睡著了。我可以說，在最後幾個月裡，我每天睡十六到十八個鐘頭。那麼，我每天要消磨的時間就剩下六個鐘頭了，其中包括吃飯、大小便、回憶和捷克斯洛伐克人的故事。

在草薦和床板之間，有一天我發現了一塊舊報紙，幾乎黏在布上，已經發黃透亮了。那上面有一則新聞，開頭已經沒有了，但看得出來事情是發生在捷克斯洛伐克。一個人離開捷克的一個農村，外出謀生。二十五年之後，他發了財，帶著老婆和一個孩子回來了。他的母親和他的妹妹在家鄉開了個旅店。為了讓她們吃一驚，他把老婆、孩子放在另一個地方，自己到了他母

親的旅店裡，他進去的時候，她沒認出他來。他想開個玩笑，竟租了個房間，並亮出他的錢來。夜裡，他母親和他妹妹用大錘把他打死，偷了他的錢，把屍體扔進河裡。第二天早晨，他妻子來了，在不知情的情況下，無意中說出那旅客的姓名。最後，母親上吊，妹妹投了井。這段故事，我不知讀了幾千遍。一方面，這件事不像真實的，另一方面，卻又很合乎常理。無論如何，我覺得那個「旅客」有點自作自受，永遠也不應該隨便開這種要命的玩笑。

就這樣，睡覺、回憶、讀我的新聞，晝夜交替，時間也就過去了。我在書裡讀過，說在監獄裡，人最後就失去了時間的概念。但是，對我來說，這並沒有多大意義。我始終不理解，到什麼程度人會感到日子是既長又短的。日子過起來長，這是沒有疑問的，但它居然長到一天接一天。最後就混淆成一片，每個日子都喪失了自己的名字。對我來說，唯一還有點意義的字眼是「昨天」和「明天」。

有一天，看守對我說我進來已經五個月了，我相信這點，但我又不理解。對我來說，我在牢房裡過的總是同樣的一天，做的也總是同樣的事。那天，看守走了之後，我對著我的鐵碗，看了看自己。我覺得，就是在我試圖微笑的時候，我的樣子還是很嚴肅。我晃了晃那鐵碗。我微笑了，可碗裡的神情還是那麼嚴肅、憂愁。天黑了，這是我不願意談到的時刻，無以名之的時刻，監獄各層的牢房裡響起了夜晚的嘈雜聲，隨之而來的是一片寂靜。我走近小窗口，藉著最後的光亮，我又端詳了一番我的樣子。還是那麼嚴肅。這有什麼奇怪的呢？那會兒，我就是那麼嚴肅嘛！但就在那時，幾個月來，我第一次清楚地聽見了我自己說話的聲音。我認出來了，這就是很久以來一直在我耳邊迴響的聲音啊，我這才明白，這一段時間裡我一直在一個人說話。於是，我想起了母親下葬那天女護士說過的話。不，出路是沒有的，沒有人能想像在監獄裡的晚上是怎樣的。

3

我可以說，一個夏天接著一個夏天，其實也快得很。我知道天氣剛剛轉熱，我的事就要有新的動向。我的案子定於重罪法庭最後一次開庭時審理，這次開庭將於六月底結束。辯論的時候，外面太陽火辣辣的。我的律師告訴我辯論不會超過兩天或三天。他還說：「再說，法庭忙著呢，您的案子並不是這次最重要的一件。在您之後，立刻就要辦一件弒父案了。」

早晨七點半，有人來提我，囚車把我送到法院。兩名法警把我送進一間小房間裡。我們坐在門旁等著，隔著門，聽見一片說話聲、叫人的聲音和挪動椅子的聲音，吵吵嚷嚷地讓我想到那些群眾性的節日，音樂會之後，大家收拾場地準備跳舞。法警告訴我得等一會兒才開庭，其中一個還遞給我一支菸，我拒絕了。過了一會兒，他問我「是不是感到害怕」，我說不害怕。甚

至在某種意義上說，看一場官司，我覺得有趣，我有生以來還從沒有機會看過呢！「的確，」第二個法警說，「不過，看多了也會令人討厭透了。」

不一會兒，房子裡一個小電鈴響了。他們給我摘下了手拷，打開門，讓我走到被告席上去。大廳裡人坐得滿滿的。儘管掛著窗簾，有些地方還是有陽光射進來，空氣已經悶得不行。窗戶都關上了。我坐下，兩名法警一邊一個。這時，我看見我面前有一排面孔，都在望著我，我明白了，這是陪審員。但我說不出來這些面孔彼此間有什麼區別。我只有一個印象，彷彿我在電車上，對面一排座位上的旅客盯著新上車的人，想發現有什麼可笑的地方。我知道這種想法很荒唐，因為這裡他們要找的不是可笑之處，而是罪惡。不過，區別並不大，反正我是這樣想的。

還有，門窗緊閉的大廳裡這麼多人也使我頭昏腦脹。我又看了看法庭上，還是一張臉也看不清。我認為，首先是我沒料到大家都急著想看看我。平時，誰也不注意我這個人。今天，我得費一番力氣才明白我是這一片騷動

的起因。我對法警說：「這麼多人！」他回答我說這是因為報紙，他指給我坐在陪審員座位下面桌子旁邊的一群人，說：「就是他們了。」我問：「他們是誰？」他說：「報館的人呀！」他認識其中的一個記者，那人這時也看見了他，並朝我們走過來。這人年紀已經不小了，樣子倒也和善，只是臉長得有點滑稽。他很親熱地握了握法警的手。我這時注意到大家都在握手，打招呼，談話，好像在俱樂部裡碰到同一個圈子裡的人那樣高興。

我明白了為什麼我剛才會有那麼奇怪的感覺，彷彿我是個多餘的人，是個擅自闖入的傢伙。但是，那個記者微笑著跟我說話了，希望我一切順利。我謝了他，他又說：「您知道，我們有點兒誇大了您的案子。夏天，對報紙來說是個淡季。只有您的事和那宗弒父案還有點兒看頭。」他接著指給我看他剛離開的那群人中一個矮個子，那人像隻肥胖的鼬鼠，帶著一副黑邊大眼鏡。他說那是巴黎一家報紙的特派記者：「不過，他不是為您來的。因為他來報導那宗弒父案的，人家也就要他同時把您的案子也一道發回去。」說到

這兒，我又差點兒要感謝他。但我想這將是很可笑的。他舉手向我親切地擺了擺，離開了我們。我們又等了幾分鐘。

我的律師到了。他穿著律師袍，周圍還有許多同行。他朝記者們走去，跟他們握了握手。他們打趣，大笑，顯得非常自如，直到法庭上鈴響為止。大家各就各位。我的律師朝我走來，跟我握手，囑咐我回答問題要簡短，不要主動說話，剩下的就由他來處理。

左邊，我聽見有挪椅子的聲音，我看見一個身材細高的人，穿著紅色法袍，戴著夾鼻眼鏡，仔細地折起長袍坐下了，這是檢察官。於是，執達吏宣布開庭。同時，兩個大電扇一齊嗡嗡地響起來。三個推事，兩個著黑衣，一個著紅衣，夾著卷宗進來，很快地朝俯視著大廳的高台走去。穿紅衣的那個人坐在中間的椅子上，把帽子放在身前，用手帕擦了擦小小的禿頂，宣布審訊開始。

記者們已經拿起了鋼筆。他們都漠不關心，有點懶散、傻乎乎的樣子。

然而，其中有一個，年紀輕得多，穿一身灰法蘭絨衣服，繫著藍色的領帶。他把筆放在前面，望著我。在那張不大勻稱的臉上，我只看見兩隻淡淡的眼睛，專心地端詳著我，表情不可捉摸。而我有一種奇怪的印象，好像是我自己看著我自己。也許是因為這一點，當然也因為我不知道這種場合的規矩，我對後來發生的事都沒怎麼搞清楚，像是陪審員抽籤，審判長向律師，向檢察官和向陪審團提問（每一次，所有的陪審員的腦袋都同時轉向法官席），很快地唸起訴書（我聽出了一些地名和人名），然後再向我的律師提問。

審判長說應該傳訊證人了。執達吏唸了一些姓名，引起了我的注意。在這群我剛才沒看清楚的人當中，我看見幾個人一個個站起來，從旁門走出去，他們是養老院的院長和門房，老湯瑪·費赫茲，雷蒙，馬松，薩拉瑪諾，瑪麗。瑪麗還焦慮不安地看了看我。我還在奇怪怎麼沒有早些看見他們，賽萊斯特最後聽到他的名字，站了起來。在他身邊，我認出了在飯館見過的那個小女人，她還穿著那件短外套，一副堅定不移，一絲不苟的神氣。

她緊緊地盯著我。但是我沒有時間多考慮，因為審判長講話了。他說正式的辯論就要開始了，他相信無須再要求聽眾保持安靜。據他說，他的職責是不偏不倚地引導有關一宗他要客觀對待的案子的辯論。陪審團提出的判決將根據公正的精神做出，在任何情況下，如有哪怕最微不足道的搗亂的情況，他都會把聽眾逐出法庭。

大廳裡越來越熱，我看見推事們都拿報紙扇了起來，立刻響起一陣持續的嘩啦嘩啦的紙聲。審判長示意，執達吏送來三把草蒲扇子，三位推事馬上使用起來。

審訊立刻開始。審判長心平氣和地，我覺得甚至是帶著一些親切感地向我發問。不管我多麼厭煩，他還是先讓我自報家門，我想這也的確是相當自然的，萬一把一個人當成另一個人，那可就太嚴重了。然後，審判長又開始敘述我做過的事情，每讀三句話就問我一聲：「是這樣嗎？」每一次，我都根據律師的指示回答道：「是的，審判長先生。」這樣持續了很久，因為審

判長敘述得很詳細。這時候，記者們一直在寫。我感到了他們當中最年輕的那個和那個小自動機器的目光。電車板凳上的那一排人都面向著審判長，審判長咳嗽一聲，翻翻材料，一邊扇著扇子，一邊轉向我。

他說他現在要提出幾個與我的案子表面上沒有關係而實際上可能大有關係的問題。我知道他又要談媽媽了，我感到我是多麼厭煩。他問我為什麼把媽媽送進養老院。我回答說我沒有錢請人照顧她，給她看病。他問我，就個人而言，這是否使我很難受，我回答說無論是媽媽，還是我，都不需要從對方得到什麼，再說也不需要從任何人那裡得到什麼，我倆都習慣各自擁有新的生活。於是，審判長說他並不想強調這一點，他問檢察官是否有別的問題向我提出。

這一位半轉過背部對著我，並不看我，說如果審判長允許，他想知道我是不是懷著殺死阿拉伯人的意圖獨自回到水泉那裡。「不是，」我說。「那麼，您為什麼帶著武器，又單單回到這個地方去呢？」我說這是偶然的。檢

察官以一種陰險的口吻說：「暫時就是這些。」接下來的事，就有點不清楚了，至少對我來說是如此。但是，經過一番秘密磋商之後，審判長宣布休庭，聽取證詞改在下午進行。

我沒有時間思考。他們把我帶走，裝進囚車，送回監獄吃飯。很快，在我剛感到累時，就有人來提我了。一切又重來一遍，我被送到同一個大廳裡，我面前還是那些面孔。只是大廳裡更熱了，彷彿奇蹟一般，陪審員、檢察官、我的律師和幾個記者，人人手中都拿了一把蒲扇。那個年輕的記者和那個小女人還在那兒，但他們不扇扇子，只默默地望著我。

我擦了擦臉上的汗，直到我聽見傳養老院院長，這才略微意識到了我所在的地方和我自己。他們問他媽媽是不是埋怨我，他說是的，不過院裡的老人埋怨親人差不多是一種通病。審判長讓他明確媽媽是否怪我把她送進養老院，他又說是的。但這一次，他沒有補充什麼。對另一個問題，他回答說他對我在下葬那天所表現出的冷靜感到驚訝。這時，院長看了看他的鞋尖兒，

說我不想看看媽媽，沒哭過一次，下葬後立刻就走，沒有在她墳前默哀。還有一件使他驚訝的事，就是殯儀館的一個人跟他說我不知道媽媽的年齡。大廳裡一片寂靜，審判長問他說的是否的確是我。院長沒有聽懂這個問題，審判長說道：「這是法律規定，請照實回答。」然後，審判長問檢察官有沒有問題向證人提出，檢察官大聲說道：「噢！沒有了，這就已經足夠了。」他的聲音這樣響亮，他帶著這樣一種得意洋洋的目光望著我，使我多年來第一次產生了想哭的愚蠢願望，因為我感到了這些人是多麼地憎恨我。

問過陪審團和我的律師有沒有問題之後，審判長聽了門房的證詞。門房和其他人一樣，也重複了同樣的儀式。他走到我跟前看了我一眼，就轉過臉去了。他回答了他們提出的問題。他說我不想看看媽媽，只是抽菸、睡覺，還喝了牛奶咖啡。這時，我感到有什麼東西激怒了整個大廳裡的人，我第一次認識到我是有罪的。他們又讓門房把喝牛奶咖啡和抽菸的事情重複一遍。檢察官看了看我，眼睛裡閃著一種嘲諷的光芒。這時，我的律師問門房是否

和我一起抽菸了。可是檢察官猛地站起來，反對這個問題：「這裡究竟誰是罪犯？這種為了減弱證詞的力量而反誣證人的做法究竟是什麼做法？但是，證詞並不因此而減少其不可抵抗的力量！」儘管如此，審判長還是讓門房回答這個問題。老頭子很難為情地說：「我知道我也不對，但是我當時沒有拒絕先生給我的香菸。」最後，他們問我有沒有什麼要補充的。我說：「沒有，只是證人說得對，我的確給了他一支香菸。」這時，門房既有點兒驚奇又懷著某種感激的心情看了看我。他遲疑了一下，說牛奶咖啡是他請我喝的。我的律師得意地叫了起來，說陪審員們一定會重視這一點的。但是檢察官在我們頭上發出雷鳴般的聲音，說道：「對，陪審員先生們會重視的。而他們的結論將是，一個外人可以請喝咖啡，而一個兒子，面對著生養他的那個人的遺體，就應該拒絕。」門房回到他的座位上去。

輪到湯瑪．費赫茲了，一個執達吏把他扶到證人席上。費赫茲說他主要是認識我母親，他只在下葬的那一天見過我一次。他們問他我那天幹了些什

麼，他回答道：「你們明白，我自己當時太難過了。所以，我什麼也沒看見。痛苦使我什麼也看不見。因為對我來說，這是非常大的痛苦。我甚至都暈倒了。所以，我無法看見先生做了些什麼。」檢察官問他，是不是至少看見過我哭。費赫茲說沒看見。於是，檢察官也說：「陪審員先生們會重視這一點的。」但我的律師生氣了。他用一種我覺得過火的口吻問費赫茲，他是否能確定看見我沒掉一滴眼淚。費赫茲說：「不能。」一陣哄堂大笑。我的律師捲起一只袖子，以一種不容爭辯的口吻說道：「請看，這就是這場官司的真相。一切都是真的，一切又沒有什麼是真的！」檢察官沈下臉來，居心回測，用鉛筆在檔案材料的標題上戳著。

在審訊暫停的五分鐘裡，我的律師對我說一切都進行得再好不過，然後，他們聽了賽萊斯特的辯護，他是由被告方面傳來的。所謂被告，當然就是我了。賽萊斯特不時地朝我這邊望望，手裡擺弄著一頂巴拿馬草帽。他穿著一身新衣服，那是他有幾個星期天跟我一起去看賽馬時穿的。但是我現在

認為他那時沒有戴硬領，因為他領口上只扣著一枚銅鈕釦。他們問他我是不是他的顧客，他說：「是，但也是一個朋友。」問到他對我的看法，他說我是個男子漢。問他這是什麼意思，他說誰都知道那是什麼意思。問他是否注意到我是個內向孤僻的人，他只承認我不說廢話。檢察官問他我是不是按時付錢，他笑了，說：「這是我們兩個人之間的私事。」他們又問他對我的罪行有什麼看法。這時，他把手放在欄杆上，看得出來他是有所準備的。他說：「依我看，這是件不幸的事。誰都知道不幸是什麼。這使你沒法抗拒。因此，依我看，這是件不幸的事。」他還要繼續說，但審判長說這很好，謝謝他。賽萊斯特有點兒愣了。但是他說他還有話。他們讓他說得簡短些。他又重複了一遍說這是件不幸的事。審判長說：「是啊，這是當然。我們在這兒就是為了判斷這一類的不幸。謝謝您。」彷彿他已盡其所能並表現了他的好意，他就朝我轉過身來。我覺得他的眼睛發亮，嘴唇哆嗦著。他好像是問我——他還能做些什麼。我呢，我什麼也沒說，我沒有任何表示，但是，我

有生以來第一次想擁抱一個男人。審判長又一次請他離開辯護席。賽萊斯特這才回到旁聽席上去。在剩下的時間裡，他一直待在那裡，身子稍稍前傾，兩肘支在膝頭上，手裡拿著草帽，聽著大家說話。

瑪麗進來了。她帶著帽子，還是那麼美。但是我喜歡她披散著頭髮。從我坐的地方，我可以感覺到她輕盈的乳房，看得出她的下嘴唇總是有點嘬起。她好像很緊張。一上來，人家就問她從什麼時起和我認識。她說是從她在我們公司做事的時候起。審判長想知道她和我是什麼關係。她說她是我的朋友。在回答另一個問題時，她說她的確要和我結婚。檢察官翻了翻一卷材料，突然問她是什麼時候和我發生關係的。她說了個日子。檢察官以一種漠不關心的神氣指出，那似乎是媽媽死後的第二天。然後，他又頗含譏諷地說他不想強調一種微妙的處境，他很理解瑪麗的顧慮，但是（說到這裡，他的口氣強硬了），他的職責使他不能不越過通常的禮儀。因此，他要求瑪麗講一講我碰見她的那一天的情況。

瑪麗不願意說，但在檢察官的堅持下，她講了我們游泳，看電影，然後回到我那裡過夜。檢察官說，根據瑪麗在預審中所提供的情況，他查閱了那一天的電影片名。他要瑪麗自己說那一天放的是什麼電影。她的聲音都變了，說那是一部費南代爾的片子。她說完，大廳裡鴉雀無聲。

這時，檢察官站起來，神情非常莊重，伸出手指著我，用一種我認為的確是很激動的聲音，一個字一個字地慢慢說道：「陪審員先生們，這個人在他母親死去的第二天，就去游泳，就開始搞不正當的男女關係，就去看滑稽影片開懷大笑。至於別的，我就用不著多說了。」他坐下了，大廳裡還是一片寂靜。忽然，瑪麗大哭起來，說情況不是這樣的，還有別的，剛才的話不是她心裡想說的，是人家逼她說的，她很了解我，我沒做過任何壞事。但是執達吏在審判長的示意下把她拖了出去。審訊繼續進行著。

緊接著是馬松說話，人們都不怎麼聽了，他說我是個正經人，他「甚至還要說，是個老實人」。至於薩拉瑪諾，就更沒有人聽了。他說我對他的狗

很好。當問到關於我母親和我的時候，他說我跟媽媽無話可說，所以我才把媽媽送進養老院。他說：「大家應該理解呀，大家應該理解呀！」可是似乎沒有一個人理解。他被帶了出去。

輪到雷蒙了，他是最後一個證人。雷蒙朝我點點頭，立刻說道我是無罪的。但是，審判長說法庭要的不是判斷而是證據。他要他先等著提問，然後再回答。他們要他明確他和被害人的關係。雷蒙趁此機會說被害人恨的是他，因為他羞辱了他姊姊。但審判長問他被害人是否就沒有理由恨我。雷蒙說我到海灘上去完全是出自偶然。檢察官問他做為悲劇的根源的那封信怎麼會是我寫的。雷蒙說那是出於偶然。檢察官反駁說偶然在這宗案子裡對人的良心所產生的壞作用已經不少了。他想知道，當雷蒙羞辱他的情婦時，我沒有干涉，這是不是出於偶然；我到警察局去作證，是不是出於偶然；我在作證時說的話純粹是在討好，是不是也出於偶然。最後，他問雷蒙靠什麼生活，雷蒙說是「倉庫管理員」。檢察官朝著陪審員們說道，眾所周知，證人

幹的是拉皮條的行當。我是他的同謀和朋友。這是一個最下流的無恥事件，由於加進了一個道德上的魔鬼而變得更加嚴重。雷蒙要申辯，我的律師也提出抗議，但是人家要他們讓檢察官說完。他說：「我的話不多了。他是您的朋友嗎？」他問雷蒙。雷蒙說：「是，他是我的朋友。」檢察官又向我提出同一個問題，我看了看雷蒙，他也正看著我。我說：「是。」檢察官於是轉向陪審團，說道：「還是這個人，他在母親死後的第二天就去幹最荒淫無恥的勾當，為了了結一樁卑鄙的桃色事件就去隨隨便便地殺人！」

他坐下了。我的律師已經按捺不住，只見他舉起胳膊，律師袍的袖子都落了下來，露出了裡面漿得雪白的襯衫，大聲嚷道：「說來說去，他被控埋了母親、還是被控殺了人？」聽眾一陣大笑。但檢察官又站了起來，披了披法衣，說道需要有這位可敬的辯護人那樣的聰明才智才能不感到在這兩件事之間有一種深刻的、感人的、本質的關係。他用力地喊道：「是的，我控告這個人懷著一顆殺人犯的心埋葬了一位母親。」這句話似乎在聽眾裡產生了

很大的效果。我的律師聳了聳肩，擦了擦額上的汗水。但他本人似乎也受到了震動，我明白我的事情不妙了。

審訊結束。走出法院登上車子的時候，一剎那間，我又聞到了夏日傍晚的氣息，看到了夏日傍晚的色彩。在這走動著的，昏暗的囚室裡，我彷彿從疲倦的深淵裡聽到了這座我所熱愛的城市的，某個我有時感到滿意的時刻種種熟悉的聲音。在已經輕鬆的空氣中飄散著賣報人的么喝聲，滯留在街頭公園裡的鳥雀的叫聲，賣夾心麵包的小販的喊叫聲，電車在城裡高處轉彎時的呻吟聲，港口上方黑夜降臨前空中的嘈雜聲，這一切又在我心中畫出了一條我在入獄前非常熟悉的，在城市隨意亂跑時的路線。是的，這是很久以前我感到滿意的那個時刻。那時候，等待我的總是輕鬆的、連夢也不做的睡眠。然而，有些事情已經起了變化，因為我又回到了牢房，等待著第二天。彷彿畫在夏日天空中的熟悉的道路，既能通向牢房，也能通向沉靜的睡眠。

4

即便是坐在被告席上，聽見大家談論自己也總是很有意思的。在檢察官和我的律師進行辯論的時候，我可以說，大家對我的談論是很多的，也許談我比談我的罪行還要多。不過，這些辯護詞果真有那麼大的區別嗎？律師舉起胳膊，說我有罪，但有可以寬恕的地方。檢察官伸出雙手，宣告我的罪行，沒有可以寬恕的地方。但是，有一件事使我模模糊糊地感到尷尬。儘管我心裡不安，但有時我很想參加進去說幾句。但這時我的律師就對我說：「別說話，這對您更有利。」可以這麼說——他們好像在處理這宗案子時把我撇在一邊。一切都在沒有我的參與下進行著。我的命運就被他們決定了，而根本不徵求我的意見。我不時地真想打斷他們，對他們說：「可說來說去，究竟誰是被告？被告也是很重要的。我也有話要說呀！」但是三思之

後，我也沒有什麼好說的。再說，我應該承認，一個人對別人所感到的興趣持續的時間並不長。例如，檢察官的控訴很快就使我厭煩了。只有那些和全局無關的片言隻語，幾個手勢，或連珠炮般說出來的大段議論，還使我感到驚奇，或引起我的興趣。

如果我沒有理解錯的話，他的論據是指我是預謀殺人的。至少，他試圖證明這一點。正如他自己所說：「先生們，我將提出證據，我將提出雙重的證據。首先是光天化日之下的犯罪事實，然後是這個罪惡靈魂的心理向我提供的晦暗的啟示。」他概述了媽媽死後的一系列事實。他提出我的冷漠，不知道媽媽的歲數，第二天跟一個女人去游泳，看電影，還是費南代爾的片子，最後同瑪麗一起回去過夜。那個時候，我是花了很長時間才明白他的話的，因為他說什麼「他的情婦」，而對我來說，情婦原來就是瑪麗。接著，他又談到了雷蒙的事情。我發現他觀察事物的方式真是有條不紊、清晰正確。他說的話十分言之有理。我和雷蒙合謀寫信把他的情婦引出來，然後讓

這個「道德可疑」的人去羞辱她。我在海灘上向雷蒙的仇人進行挑釁。雷蒙受了傷。我向他要來了手槍。我為了使用武器又獨自回去案發地點。我預謀打死阿拉伯人。接著又等了一會兒。「為了保證把事情幹得徹底」，我又沉著地、穩妥地、在某種程度上是經過深思熟慮地開了四槍。

「事情就是這樣，先生們，」檢察官說，「我把這一系列事情的線索給你們勾畫出來，說明這個人如何在神志完全清醒的情況下殺了人。我特別強調這一點是，因為這不是一宗普通的殺人案，不是一個未經思考的，你們可能認為可以用當時的情況加以減輕此罪行。這個人，先生們，這個人是很聰明的。你們都聽過他說話，不是嗎？他知道如何回答問題。他熟悉用詞的分量。人們不能說他行動時不知道自己幹的是什麼。」

我聽著，我聽見他們認為我不但聰明又有理性。但我不太明白，平常人身上的優點到了罪犯的身上，怎麼就會變成沉重的罪名。至少，這使我感到驚訝，我不再聽檢察官說話了，直到我又聽見他說：「難道他曾表示過悔恨

嗎？從來沒有，先生們。在整個預審的過程中，這個人從來沒有一次對他這個卑劣的罪行表示過懊悔。」這時，他朝我轉過身來，用指頭指著我，繼續對我橫加責難，但事實上，我並不知道這是為什麼。當然，我也不能不承認他說得很有道理。對我的行動我並不怎麼悔恨。但是他這樣激烈的對我攻擊，卻使我大大的吃驚。

我真想親切地、甚至友善地試著向他解釋清楚，我從來不會對某件事真正感到悔恨。我總是為將要發生的事，為今天或明天操心。但是，當然囉，在我目前所處的境況中，我是不能以這種口吻向任何人說話的。我沒有權利對人表示親切的態度，也沒有權利表達善意的願望。我試圖再聽聽，因為檢察官說起我的靈魂來了。

他說，陪審員先生們，他曾仔細探索過我的靈魂，結果一無所獲。他說實際上我根本就沒有靈魂，對於人性，對於人們心中的道德原則，我都是一竅不通。他補充道：「當然，我們也不能責怪他。他不能得到的，我們也不

能怪他沒有。但在這法庭上，我們必須捨棄寬容這種多餘的美德或人情味，而應轉化為更崇高的公平正義的原則，這不那麼容易，但是更為高尚，特別是當這個人的心已經空虛到人們所看到的這種程度，正在變成連整個社會的普世價值，也可能陷進去的深淵的時候。」這時，他又說到我對待媽媽的態度。他重複了他在辯論中說過的話。但是他的話要比談到我的殺人罪時多得多，多到最後我只感到早晨的炎熱了。

最後，他停下了，沉默了一會兒，又用低沉的、堅信不疑的聲音說道：「先生們，這個法庭明天將要審判一宗滔天罪行：殺死親生父親。」據他說，這種殘忍的謀殺使人無法想像。他斗膽希望人類的正義要堅決予以懲罰而不能手軟。但是，他敢說，這一罪行在他身上引起的憎惡比起我的冷漠使他感到的憎惡來，幾乎是相形見絀的。他認為，一個在精神上殺死母親的人，和一個親手殺死父親的人，都是以同樣的罪名自絕於人類社會。在任何一種情況下，前者都是為後者的行動做準備，以某種方式預示了這種行動，

並且使之合法化。

他提高了聲音說：「先生們，我堅信，如果我說坐在這張凳子上的人也犯了這個法庭明天將要審判的那種謀殺罪，你們不會認為我這個想法過於言過其實吧！因此，他要受到相應的懲罰。」

說到這裡，檢察官擦了擦因出汗而發亮的臉。最後，他說他的職責是痛苦的，但是他要堅決地完成它。他說我與一個我連最基本的法則都不承認的社會毫無干係，我不能對人類的心有什麼指望，因為我對其基本的反應根本不知道。

他說：「我向你們要這個人的腦袋（斬首），而在我這樣請求的時候，我的心情是輕鬆的。在我這操之已久的生涯中，如果我有時請求對犯人處以極刑的話，我卻從未像今天這樣感到我這艱巨的職責得到了補償、平和以及啟發，因為我已意識到某種神聖的、不可抗拒的命令，因為我在這張除了殘忍之外、一無所見的人的臉上感到了憎惡。」

檢察官坐下了，在相當長的一段時間裡，大廳裡一片寂靜。我呢，我已經由於炎熱和驚訝而昏頭昏腦了。審判長咳嗽了幾聲，用很低的聲音問我還有什麼話要說。我站了起來。由於我很想說話，我就有點兒沒頭沒腦地說我沒有打死那個阿拉伯人的意圖。審判長說這是肯定的，到現在為止，他還摸不清我的辯護方式，他說他很高興在我的律師發言之前先讓我說清楚我的行動的動機。我說得很快，有點兒語無倫次，我意識到了我很可笑，我說是因為太陽。

大廳裡有人笑了起來。我的律師聳聳肩膀，馬上，他們就讓他發言了。但是他說時間不早了，休需要好幾個鐘頭，他要改在下午。法庭同意了。

下午，巨大的電扇仍舊攪動著大廳裡沉濁的空氣，陪審員們手裡五顏六色的小扇子都朝著一個方向搖動。我覺得我的律師的辯護詞大概說不完了。有一陣，我注意聽了聽，因為他說：「的確，是我殺了人。」接著，他繼續使用這種口吻，每次談到我時他也總是以「我」相稱。我很奇怪。我朝一個

法警彎下身子，問他這是為什麼。他叫我住嘴，過了一會兒，他跟我說：「所有的律師都是這樣。」我呢，我想這還是排斥我，把我化為烏有。從某種意義上說，他取代了我。不過，我已經和這個法庭距離很遠了。再說，我也覺得我的律師很可笑。他很快以挑釁為理由進行辯護，然後也談起我的靈魂。不過，我覺得他的才華大大不如檢察官的。他說：「我也仔細探索了這個靈魂，但是與檢察署的這位傑出代表相反，我發現了一些東西，而且我還可以說，我看得一目瞭然。」他看到我是個正經人，一個正派的職員，不知疲倦，忠於雇主，受到大家的愛戴，同情他人的痛苦。在他看來，若論兒子，我是典範，我在力之所及範圍內盡力供養母親，最後，為了讓她享受到我力所不及的舒適，這才把老太太送進養老院的。他說：「先生們，我感到奇怪的是，大家對養老院議論紛紛。因為說到底，如果需要證明這些設施的用處和偉大，只須說是國家本身資助的就夠了。」只是他沒有提到下葬的問題，我感到這是他的辯護的漏洞。但是，由於這些長句，由於人們一小時又

一小時、一天又一天地沒完沒了地談論我的靈魂，使我產生了一種印象，彷彿一切都變成一片沒有顏色的死水，我看得頭暈目眩。

最後，我只記得，正當我的律師繼續發言時，一個賣冰的小販突然響起了喇叭，從街上穿過所有的大廳和法庭傳到我的耳畔。對於某種生活的種種回憶突然湧上我的腦海，這種生活雖已不屬於我，但我曾經在那裡發現了我最可憐最深刻難忘的快樂：夏天的氣味，我熱愛的街區，某一種夜空，瑪麗的笑容和裙子。在這裡我所做的一切都毫無用處的想法湧上了心頭，壓得我喘不過氣來，我只想趕緊讓他們結束，趕緊回到牢房去睡覺。所以，最後我的律師大嚷大叫，我也幾乎沒有聽見。他說陪審員們是不會把一個一時糊塗的正直勞動者打發到死亡那裡去的，他要求考慮那些可減罪的情節，因為我已背上了殺人罪的重負，這是永遠的悔恨，最可靠的刑罰。

法庭中止辯論，我的律師精疲力竭地坐下了。他的同事們都過來同他握手。我聽見他們說：「喂！太精彩了，老兄。」其中一個甚至拉我來作證似

的：「嘿！你覺得怎樣？」我表示同意，但是我的讚揚並不真心真意，因為我太累了。

然而，外面天色已晚，也不那麼熱了。從街上聽到的一些聲音，我可以猜想到傍晚時分的涼爽。我們都在那兒等著。其實，大家一道等著的事只跟我一人有關。我又看了看大廳。一切都和第一天一樣。我碰到了那個穿灰上衣的記者和那個像自動機器一樣的女人的目光。這使我想了起來，在整個審判過程中，我都沒有朝瑪麗那邊看過一眼。我並沒有忘記她。但我的事情太多了。我看見她坐在賽萊斯特和雷蒙之間。她朝我做了個小小的動作，彷彿是說：「總算完了。」我看見她那有些焦慮的臉上泛起了微笑。但我覺得我的心已和外界隔絕，我甚至沒有回答她的微笑。

法官們回來了。很快地，有人把一連串的問題唸給他們聽。我聽見什麼「殺人犯」、「預謀」、「可減輕罪行的情節」等等。陪審員們出去了，我被帶進我原來在裡面等候的那間小屋子裡。我的律師也來了。他口若懸河，

話說得從來也沒有像現在那樣有信心，那樣親切，他認為一切順利，我只須坐幾年監獄或服幾年苦役就完事。我問他如果判決不利，有沒有上訴最高法院的機會。他說不行。他的策略是不提出當事人的意見，免得引起陪審團的不滿。他對我解釋說，不能無緣無故隨便上訴。我覺得這是明擺著的事，便同意了他的看法。其實，冷靜地看問題，這也是很自然的，否則，要費的公文狀紙就太多了。我的律師說：「不過，你還是有權利上訴的。但是，我確信判決會有利的。」

我們等了很久，我想約有三刻鐘。鈴聲響了。我的律師向我告別，說道：「審判長要宣讀對質詢的答覆了。您要到宣讀判決的時候才能進去。」我聽見一陣門響。一些人在樓梯上跑過，聽不出遠近。接著，我聽見大廳中一個低沉的聲音在讀著什麼。鈴又響了，門開了，大廳裡一片寂靜，靜極了，我注意到那個年輕的記者把眼睛轉到別處，一種奇異的感覺油然而生。我沒有朝瑪麗那邊看。我沒有時間，因為審判長用一種奇怪的方式對我說要

以法蘭西人民的名義在一個廣場上將我斬首示眾。我這時才覺得認清了我在所有這些人臉上所看到的感情。我確信那是帶著敬意的同情。法警對我也客氣起來了。律師把手放在我的手背。我腦子裡也沒任何想法了。審判長問我還有什麼話要說。我說：「沒有。」他們這才把我帶走。

5

我拒絕接見監獄神父，這已經是第三次了。我跟他沒有什麼可說的，我不想說話，很快我又會見到他。我現在感興趣的，是想逃避不可逆轉的進程，是想知道不可避免的結局，能不能有一條出路。我又換了牢房。在這個牢房裡，我一躺下，就看得見天空，也只能看見天空。我整天整天地望著它的臉上那把白晝引向黑夜的逐漸減弱的天色。我躺著，把手放在腦後，等待著。我不知道想過多少次，是否曾有判了死刑的人逃過了那無情的、不可逆轉的進程，法警的束帶斷了，臨刑前脫身出走了，於是，我就怪自己從前沒有對描寫死刑的作品給予足夠的注意。對於這些問題，一定要經常關心。誰也不知道會有什麼事情發生。像大家一樣，我讀過報紙上的報導。但是一定有專門著作，我卻從來沒有想到去看看。那裡面，也許我會找到有關逃跑的

敘述。那我就會知道，至少有那麼一次，絞架的滑輪突然停住了，或是在一種不可遏止的預想中，僅僅有那麼一回，偶然和運氣改變了什麼東西。僅僅一次！從某種意義上說，我認為這對我也就足夠了，剩下的就由我自己去想像。報紙上常常談論對社會欠下的債。按照他們的意思，欠了債就要還。不過，在想像中這就談不上了。重要的，是逃跑的可能性，是一下子跳出那不可避免的儀式，是發瘋般地跑，跑能夠為希望提供各種機會。自然，所謂希望，就是在馬路的一角，在奔跑中被一顆流彈打死。但是我想來想去，沒有什麼東西允許我有這種享受，一切都禁止我做這種非分之想，那不可逆轉的進程又抓住了我。

儘管我有竭力爭取的願望，我也不能接受這種咄咄逼人蠻橫的結果。因為，說到底，在以這種蠻橫為根據的判決和這一判決自宣布之時起所開始的不可動搖的進程之間，存在著一種十分可笑的不相稱。判決是在二十點而不是在十七點宣布的，它完全可能是另一種結論，它是由一些換了襯衣的人做

出的，它要取得法國人民的信任，而法國人（或德國人或中國人）卻是一個很不確切的概念，這一切使得這決定很不嚴肅。但是，我不得不承認，從做出這項決定的那一秒鐘起，它的作用就和我的身體靠著的這堵牆的存在同樣確實，同樣可靠。

這時，我想起了媽媽講的關於我父親的一段往事。我沒有見過我的父親。關於這個人，我所知道的全部確切的事，可能就是媽媽告訴我的那些事。有一天，他去看處決一名殺人兇手。他一想到去看殺人，就感到不舒服。但他還是去了，回來後嘔吐了一早上。我聽了之後，覺得我的父親有點兒叫我感到厭惡。現在我明白了，那是很自然的。我當時居然沒有看出執行死刑是件最重要的事。總之，是真正使一個人感興趣的唯一的一件事！如果一旦我能從這座監獄裡出去，我一定去觀看所有的處決。我想，我錯了，不該想到這種可能性。因為要是，有那麼一天清晨我自由了，站在警察的警戒線後面，可以這麼說，站在另一邊，做為看客來看熱鬧，回來後還要嘔吐一

番，我一想到這些，就有一陣惡毒的喜悅湧上心頭。然而，這是不理智的。我不該讓自己有這些想法，因為這樣一想，我馬上就感到冷得要命，在被窩裡縮成一團，還禁不住把牙咬得格格作響。

當然囉，誰也不能總是理智的。比方說，有幾次，我就制訂了一些法律草案。我改革了刑罰制度。我注意到最根本的是要給犯人一個機會。只要有千分之一的機會，就足以安排許多事情。這樣，我覺得人可以去發明一種化學藥物，服用之後可以有十分之九的機會殺死受刑者（是的，我想的是受刑者。）條件是要讓他事先知道。因為我經過反覆的考慮，冷靜的權衡，發現斷頭台的鍘刀的缺點就是沒給任何機會，絕對地沒有。一勞永逸，一句話，受刑者的死是確定無疑的了。那簡直是一樁已經了結的公案，一種已經確定了的手段，一項已經談妥的協議，再也沒有重新考慮的可能了。如果萬一頭沒有砍下來，那就得重來。因此，令人煩惱的是，受刑的人得希望機器運轉可靠。我說這是它不完善的一面。從某方面說，事情確實如此。但從另一方

面說，我也得承認，嚴密組織的全部秘密就在於此。總之，受刑者在精神上得對行刑有所準備，他所關心的就是不發生意外。

我也不能不看到，直至此時為止，我對於這些問題有著一些並非正確的想法。我曾經長時間地以為——我也不知道是為什麼——上斷頭台，要一級一級地爬到架子上去。我認為這是由於一七八九年大革命的緣故，我的意思是說，關於這些問題人們教給我或讓我看到的就是這樣。但是有一天早晨，我想起了一次引起轟動的處決，報紙上曾經登過一張照片。實際上，殺人機器就放在平地上，再簡單也沒有了。它比我想像的要窄小得多。這一點我早沒有覺察到，是相當奇怪的。照片上的機器看起來精密、完善、閃閃發光，使我大為嘆服。一個人對他所不熟悉的東西總是有些誇大失實的想法。我應該看到，實際上一切都很簡單：機器和朝它走過去的人都在平地上，人走到它面前，就跟碰到另外一個人一樣。這也很討厭。登上了斷頭台，彷彿升天一樣，雖然想像力是有了用武之地。而現在呢，不可逆轉的進程壓倒一切：

一個人被處死，一點也沒引起人的注意，這實在有點丟臉，然而卻是事實的存在。

還有兩件事是我耿耿於懷時常考慮的，那就是黎明和我的上訴。其實，我總給自己講道理，試圖不再去想它。我躺著，望著天空，努力對它發生興趣。天空變成綠色，這是傍晚到了。我再加一把勁兒，轉移轉移思路。我聽著我的心。我不能想像這種跟了我這麼久的聲音有朝一日會消失。我從未有過真正的想像力。但我還是試圖想像出那樣一個短暫的時刻，那時心的跳動不再傳到腦子裡了。但是沒有用。黎明和上訴還在那兒。最後我對自己說，最通情達理的作法，是不要勉強自己。

我知道，死刑犯總是在黎明時分執行的。因此，我夜裡全神貫注，等待著黎明。我從來也不喜歡遇事措手不及。要有什麼事發生，我更喜歡有所準備。這就是為什麼我最後只在白天睡一睡，而整整一夜，我耐心地等待著日光把天窗照亮。最難熬的，是那個朦朧晦暗的時辰，我知道他們平常都是在

那時候行動的。一過半夜，我就開始等待，開始窺伺。我的耳朵從沒有聽到過那麼多的聲音，分辨出那麼細微的聲響。我可以說，在整個這段時間裡，我總還算有運氣，因為我從未聽見過腳步聲。媽媽常說，一個人從來也不會是百分之百的痛苦。當天色發紅，新的一天悄悄進入我的牢房時，我就覺得她說得實在有道理。況且也因為，我本是可以聽到腳步聲的，我的心也本是可以緊張得炸開的。甚至一點點窸窣的聲音也使我撲向門口，甚至把耳朵貼在門板上，發狂似地等待著，直到聽到自己的呼吸聲。很粗，那麼像狗的喘氣，因而感到驚駭萬狀，但總而言之，我的心並沒有炸開，而我又贏得了二十四小時。

白天，我就考慮我的上訴。我認為我已抓住這一念頭裡最可貴之處。我估量我能獲得的效果，我從我的思考中獲得最大的收穫。我總是想到最壞的一面，即我的上訴被駁回。「那麼，我就去死。」不會有別的結果，這是顯而易見的。但是，誰都知道，活著是不值得的。事實上我不是不知道三十歲

死或七十歲死關係不大，當然嘍，因為不論是哪種情況，別的男人和女人就這麼活著，而且幾千年都如此。總之，沒有比這更清楚的了，反正總是我去死，現在也好，二十年後也好。此刻在我的推理中使我有些為難的，是我想到我還要活二十年時心中所產生的可怕的飛躍。不過，在設想我二十年後會有什麼想法時（假如果真要到這一步的話），我只把它壓下去就是了。假如要死，怎麼死，什麼時候死，這都無關緊要。所以（困難的是念念不忘這個「所以」所代表的一切推理），我的上訴如被駁回，我也應該接受。

這時，只是這時，我才可以說有了權利，以某種方式允許自己去考慮第二種假設：我獲得特赦。苦惱的是，這需要使我的血液和肉體的衝動不那麼強烈，不因瘋狂的快樂而使我雙眼發花。我得竭力壓制住喊叫，使自己變得理智。在這一假設中我還得表現得較為正常，這樣才能使自己更能接受第一種假設。在我成功的時候，我就贏得一個鐘頭的安寧。儘管時間不長，但這畢竟也是不簡單的啊！

也是在一個這樣的時刻，我又一次拒絕接見神父。我正躺著，天空裡某種金黃的色彩使人想到黃昏臨近了。我剛剛放棄了我的上訴，並感到血液在周身正常地流動。我不需要見神父。很久以來，我第一次想到了瑪麗。她已經很多天沒給我寫信。那天晚上，我反覆思索，心想她給一名死囚當情婦可能已經厭倦了。我也想到她也許病了，或死了。這也是合乎情理的。既然在我們現已分開的肉體之外已沒有任何東西聯繫著我們，已沒有任何東西使我們彼此想念，我怎麼能夠知道呢？再說，就是從這個時候起，我對瑪麗的回憶也變得無動於衷了。她死了，我也就不再關心她了。我認為這是正常的，因為我很清楚，我死了，別人也就把我忘了。他們跟我沒有關係了。我甚至不能說這樣想是冷酷無情的。

恰在這時，神父進來了。我看見他之後，輕微地顫抖了一下。他看出來了，對我說不要害怕。我對他說，平時他都是在另外一個時候到來。他說這是一次完全友好的拜訪，與我的上訴毫無關係，其實他根本不知道我的上訴

是怎麼回事。他坐在我的床上，請我坐在他旁邊。我拒絕了。不過，我覺得他的態度還是很和善的。

他坐了一會兒，手肘放在膝蓋上，低著頭，看著他的手。他的手細長有力，使我想到兩頭靈巧的野獸。他慢慢地搓著手。他就這樣坐著，一直低著頭，時間那麼長，有一個時候我都覺得忘了他在那兒了。

但是，他突然抬起頭來，眼睛盯著我，問道：「您為什麼拒絕見我？」我回答說我不信上帝。他想知道我是不是對此確有把握的事，我說我用不著考慮，我覺得這個問題並不重要。他於是把身子朝後一仰，靠在牆上，兩手貼在大腿上。他好像不是對著我說，說他注意到有時候一個人自以為確有把握的事，實際上，他並沒有把握。我不吭聲。他看了看我，問道：「您以為如何？」我回答說那是可能的。無論如何，對於什麼是我真正感興趣的事情，我可能不是確有把握，但對於什麼是我不感興趣的事情，我是確有把握的。而他對我說的事情恰恰是我所不感興趣的。

他不看我了，依舊站在那裡，問我這樣說話是不是因為極度的絕望。我對他解釋說我並不絕望。我只是害怕，這是很自然的。他說：「那麼，上帝會幫助您的。我所見過的所有情況和您相同的人最後都歸附了他。」我承認那是他們的權利。那也證明他們還有時間。至於我，我不願意人家幫助我，我也恰恰沒有時間去對我不感興趣的事情再發生興趣。

這時，他氣得兩手發抖，但是，他很快挺直了身子，順了順袍子上的褶皺。順完了之後，他稱我為「朋友」，對我說，他這樣對我說話，並不是因為我是個被判死刑的人；他認為，我們大家都是被判了死刑的人。但是我打斷了他，對他說這不是一碼事，再說，無論如何，他的話也不能安慰我。他同意我的看法：「當然了。不過，您今天不死，以後也是要死的。那時就會遇到同樣的問題。您將怎樣接受這個考驗呢？」我回答說我接受它和現在接受它一模一樣。

聽到這句話，他站了起來，兩眼直盯著我的眼睛。這套把戲我很熟悉。

我常和艾瑪努埃爾和賽萊斯特這樣鬧著玩，一般地說，他們最後都移開了目光。神父也很熟悉這套把戲，我立刻就明白了，因為他的目光直盯著不動。他的聲音也不發抖，對我說：「您就不懷著希望了嗎?您就這樣一邊活著，一邊想著您就這樣消逝，什麼也沒留下嗎？」我回答道：「是的。」

於是，他低下了頭，又坐下了。他說他憐憫我。他認為一個人要真是這樣的話，那是不能忍受的。而我，我只是感到他開始令我生厭了。我轉過身去，走到小窗口底下。我用肩膀靠著牆。他又開始問我了，我有一搭沒一搭地聽著，他的聲音不安而急迫。我知道他是動了感情了，就聽得認真些了。

他說他確信我的上訴會被接受，但是我背負著一樁我應該擺脫的罪孽。據他說，人類的正義不算什麼，上帝的正義才是一切。我說正是前者判了我死刑。他說它並未因此而洗刷掉我的罪孽。我對他說我不知道什麼是罪孽。人家只告訴我我是個犯人。我是個犯人，我就付出代價，除此之外，不能再對我要求更多的東西了。

這時，他又站了起來，我想在這間如此狹窄的囚室裡，他要想活動活動，也只能如此，要嘛坐下去，要嘛站起來，實在沒有別的辦法。

我的眼睛盯著地。他朝我走了一步，站住，好像不敢再向前一樣。「您錯了，孩子，」他對我說，「我們可以向您要求更多的東西。我們將向您提出這樣的要求，也許。」「要求什麼？」「要求您看。」「看什麼？」

教士四下裡望了望，我突然發現他的聲音疲憊不堪。他回答我說：「所有這些石頭都顯示出痛苦，這我知道。我沒有一次看見它們而心裡不充滿了憂慮。但是，說句心裡話，我知道你們當中最悲慘的人就從這些烏黑的石頭中看見過一張神聖的面容浮現出來。我們要求您看的，就是這張面容。」

我有些激動了。我說我看著這些石牆已經好幾個月了。對它們，我比世界上任何東西，任何人都熟悉。也許，很久以前，我曾在那上面尋找過一張面容。但是那張面容有著太陽的色彩和慾望的火焰，那是瑪麗的面容。我白費力氣，沒有找到。現在完了。反正，從這些水淋淋的石頭裡，我沒看見有

什麼東西浮現出來。

神父帶著某種悲哀的神情看了看我。我現在全身靠在牆上了。陽光照著我的臉。他說了句什麼，我沒聽見，然後很快地問我是否允許他擁抱我。我說：「不。」他轉過身去，朝著牆走去，慢慢地把手放在牆上，輕聲地說：「您就這麼愛這個世界嗎？」我沒有理他。

他就這樣背著我待了很久。他待在這裡使我感到壓抑，感到惱火。我正要讓他走，讓他別管我，他卻突然轉身對著我，大聲說道：「不，我不能相信您的話。我確信您曾經盼望過另一種生活。」我回答說那是當然，但那並不比盼望成為富人，盼望游泳游得很快，或生一張更好看的嘴來得更為重要。那都是一碼事。但是他攔住了我，他想知道我如何看那另一種生活。於是，我就朝他喊道：「一種我可以回憶現在這種生活的生活！」然後，我跟他說我夠了。他還想跟我談談上帝，但是我朝他走過去，試圖跟他最後再解釋一回我剩下的時間不多了。我不願意把它浪費在上帝身上。他試圖改變話

題，問我為什麼稱他為「先生」而不是「我父」。這可把我惹火了，我對他說他不是我的父親，讓他當別人的父親去吧！

他把手放在我的肩膀上，說道：「不，孩子，我是站在您這邊。只是您不能明白，因為您的心已被蒙蔽。我會為您祈禱。」

我也不知道為什麼，好像我身上有什麼東西爆裂了似的，我扯著喉嚨大叫，我罵他，我叫他不要為我祈禱。我抓住他的長袍的領子，把我內心深處的話，喜怒交迸的強烈衝動，劈頭蓋臉地朝他發洩出來。他的神氣不是那樣地確信無疑嗎？然而，他的任何確信無疑，都抵不上一根女人的頭髮。他甚至連活著不活著都沒有把握，因為他活著就如同死了一樣。而我，我好像是兩手空空。但是我對我自己有把握，對一切都有把握，比他有把握，對我的生命和那即將到來的死亡有把握。是的，我只有這麼一點兒把握。但是至少，我抓住了這個真理，正如這個真理抓住了我一樣。我從前有理，我現在還有理，我永遠有理。我曾以某種方式生活過，我也可能以另一種方式生

活。我做過這件事，沒有做過那件事。我幹了某一件事而沒有幹另一件事。而以後呢？彷彿一直等著的就是這一分鐘，就是這個我將被證明無罪的黎明。什麼都不重要，我很知道為什麼。他也知道為什麼。在我所度過的整個這段荒誕的生活裡，一種陰暗的氣息穿越尚未到來的歲月，從遙遠的未來向我撲來，這股氣息所過之處，使別人向我建議的一切都變得毫無差別，未來的生活並不比我已往的生活更真實。他人的死，對母親的愛，與我何干？既然只有一種命運選中了我，而成千上萬的幸運的人卻都同他一樣自稱是我的兄弟，那麼，他所說的上帝，他們選擇的生活，他們選中的命運，又都與我何干？他懂，他懂嗎？大家都幸運，世上只有幸運的人。其他人也一樣，有一天也要被判死刑。被控殺人，只因在母親下葬時沒有哭而被處決，這有什麼關係呢？薩拉瑪諾的狗和他的老婆具有同樣的價值。那個自動機器般的小女人，馬松娶的巴黎女人，或者想跟我結婚的瑪麗，也都是有罪的。雷蒙是不是我的朋友，賽萊斯特是不是比他更好，又有什麼關係？今天，瑪麗把嘴

脣獻給另一個莫梭，又有什麼關係？他懂嗎？這個判了死刑的人，從我的未來的深處……我喊出了這一切，喊得喘不過氣來。但是已經有人把神父從我的手裡搶出去，看守們威脅我。而他卻勸他們不要發火，默默地看了我一陣子。他的眼裡充滿了淚水。他轉過身去，走了。

他走了之後，我平靜下來。我累極了，一下子撲到床上，我認為我是睡著了，因為我醒來的時候，發現滿天星斗照在我的臉上。田野上的聲音一直傳到我的耳畔。夜的氣味，土地的氣味，海鹽的氣味，使我的兩鬢感到清涼。這沉睡的夏夜的奇妙安靜，像潮水一般浸透我的全身。這時，長夜將盡，汽笛叫了起來。它宣告有些人踏上旅途，要去一個從此和我無關痛癢的世界。很久以來，我第一次想起了媽媽。我覺得我明白了為什麼她要在晚年又找了個「未婚夫」，為什麼她又玩起了「重新再來」的遊戲。那邊，那邊也一樣，在一個個生命將盡的養老院周圍，夜晚如同一段令人傷感的時刻。媽媽已經離死亡那麼近了，該是感到了解脫，準備把一切再重新過一遍。任

何人，任何人也沒有權利哭她。我也是，我也感到準備好把一切再過一遍。好像這巨大的憤怒清除了我精神上的痛苦，也使我失去希望。

面對著充滿星光和默示的夜，我第一次向這個世界動人的冷漠敞開了心扉。我體驗到這個世界如此像我，如此融洽友愛，我覺得我過去曾經是幸福的，現在依然是幸福的。為了把一切都做得完善，為了使我感到不那麼孤獨，我還希望處決我的「那一天」會有很多人來觀看，希望他們對我報之以憎恨和厭惡的咆哮聲。

〈全書終〉

藝術家及其時代

——卡繆在瑞典烏普薩爾大學

一位東方的智者總是在他的祈禱中要求神明使他避開一個不甘寂寞的時代。我們不是智者，神明放不過我們，我們正經歷著一個不甘寂寞的時代，無論如何，它不允許我們對這個時代漠不關心。今日的作家知道這一點。如果他們說話，立刻就受到批評和攻擊。如果他們變得謙虛而閉口不言，人們就將只跟他們談論他們的沉默，吵吵嚷嚷地指責他們。

在這一片喧囂之中，作家再也不能希望置身局外繼續其心愛的沉思和想像了。到目前為止，棄權在歷史上好歹總算還是可能的。但是今天一切都變了，沉默本身也具有了一種可怕的意義。從棄權本身被看作是一種選擇那一

刻起，為此而受到懲罰或稱讚的藝術家就被捲入了，不管他願意與否。在這裡我認為捲入比介入更恰當。實際上，對藝術家來說，問題不在於一種自願的介入，確切地說，是一種義務兵役。今天，每一個藝術家都登上了時代的帆槳戰船。他必須順從，儘管他認為這船有魚腥味兒，苦役犯看守也的確太多了，更糟糕的是，航向選擇得還不對。我們身處滿潮的海上。藝術家得像其他人一樣划槳，如果能的話就不要死，這就是說，要繼續活著和創造。

說真的，這並非易事，我理解藝術家們懷念他們往日的舒適。變化是有些突然。的確，在歷史的競技場裡總是有受難者和獅子。前者靠永恆的安慰來支撐，後者靠的是帶血的歷史食物。但是，前此藝術家一直是坐在座位上。他無目的地歌唱，為他自己，或者至多是為了鼓勵受難者和稍許緩解獅子的饑腸。現在不同了，藝術家站到了競技場中。他的聲音肯定不是原來的了，遠非那麼自信了。

人們清楚地看到這種不變的義務使藝術失去的是什麼。首先是悠然自

如，還有莫札特作品中洋溢著的那種神聖的自由。人們更好地理解了我們的藝術品的驚慌而固執的神情、憂心忡忡的愁容及其突如其來的崩潰。人們明白了我們之間何以記者多於作家，畫匠多於塞尚，明白了粉色圖書和黑色小說何以取代了《戰爭與和平》和《巴馬修道院》。當然，人們總是可以用人道主義的悲嘆來與這種狀況相對，成為《群魔》（即《附魔者》）中的斯切潘・特羅菲莫維奇極力要成為的那種東西：譴責的化身。人們也可以像這個人物一樣發洩一番國民的憂鬱。然而，這種憂鬱絲毫無改於現實。依我看，最好是加入這個時代，既然時代那麼強烈地要求他加入，最好是坦然地承認，有著心愛的大師、戴茶花的藝術家和坐在安樂椅上的天才的時代，已經一去不復返了。

今天，創造就是危險地創造。任何發表都是一種行動，而這種行動會引起一個什麼也不饒恕的時代的激烈的情緒。因此，問題不在於知道這是否有損於藝術。對於一切沒有藝術或沒有藝術的含義就不能生活的人們來說，問

題僅僅在於知道在如此多的意識形態（多麼多的教堂，怎樣的孤獨啊！）的治安之中，創造的奇特的自由如何才是可能的。

就此只說藝術受到了國家政權的威脅是不夠的。如此則實際上問題就簡單了：藝術家或是戰鬥或是投降。然而一旦人們覺察到戰鬥就在藝術家內心中發起時，問題就變得更為複雜了，也更為致命了。我們的社會不乏憎恨藝術的好例，這種憎恨今天所以有如此的效力，只是因為它受到了藝術家本人的維護。先前的藝術家的懷疑與他們自己的才能有關。今天的藝術家的懷疑卻關係到他們的藝術的必要性，因此也關係到他們的存在本身。拉辛寫了《貝蕾尼斯》而沒有為保衛南特敕令進行鬥爭（編按：亨利四世在一五九八年4月13日頒布了南特赦令，承認胡格諾派的信仰自由，並在法律上享有公民同等的權利），在一九五七年就得請求原諒。

藝術家對藝術的這種懷疑有許多理由，我們只須記住其中最高尚的。這種懷疑可以由現代藝術家可能會有的一種印象來解釋，即：假使他不考慮到

歷史的苦難的話，他就是在撒謊或者無病呻吟。事實上，我們這個時代的特點是群眾及其悲慘處境突然湧現在現代的意識面前。現在人們知道群眾是存在的，但以前卻傾向於忘掉他們。而如果說現在人們知道這一點，那並不是因為傑出人物、藝術家或別種人變得更好了，不，請放心，而是因為群眾變得更強大了，不允許人們忘記他們。

藝術家的這種失職還有其他理由，有些是不那麼高尚的。但是，無論這些理由如何，都是為了達到同一目標：通過攻擊其基本原則，即藝術家對自己的信念，來阻止自由的創造。

愛默生精闢地說：「一個人對自己的才能的服從，這是最好的信念。」十九世紀的另一位美國作家補充說：「只要人忠於自己，一切就都順乎自然，諸如政府，社會，太陽，月亮和星辰。」今天，這種不可思議的樂觀主義似乎已經死亡了。在大多數情況下，藝術家自慚形穢，如果他有特權的話，則為他的特權感到羞愧。他首先應該回答他向自己提出的問題：藝術是一種騙人的奢侈嗎？

一

人們可以做出的第一個誠實的回答是：事實上，藝術有時候是一種騙人的奢侈。我們知道，人們總是可以站在帆槳戰船的艉樓上歌唱星辰，而苦役犯們正在底艙划槳，累得力竭精疲，人們總是可以記下競技場觀眾席上進行的風雅的談話，而犧牲品正在獅子的牙齒間喀嚓作響。人們很難提出什麼來反對這種曾在過去取得巨大成功的藝術，除非說事情已有了一些變化，特別是苦役犯和受難者的數目在地球上不可思議地增加了。在如此眾多的苦難面前，這種藝術如果還想繼續是一種奢侈的話，那在今天就得承認同時也是一種謊言。

那麼事實上它將要說些什麼呢？如果它要符合我們的社會的大多數要求的話，它就將是沒有意義的消遣。如果它閉上眼睛一味拒絕，如果藝術家決定幽居在他的夢幻之中，那麼它將只表達一種拒絕而別無其他。這樣，我們

有的將是一種逗人開心者的作品或者形式的專家的作品，這兩種作品都導致一種脫離活生生的現實的藝術。大約一個世紀以來，我們生活在一種社會裡，這種社會甚至連金錢（金銀可以引起有血有肉的情慾）社會都不是，而只是一種金錢的抽象象徵的社會。

商人社會可以定義為：事物為了符號的利益而消失的社會。當一個領導階級不再用地畝和金條而用與某種數量的交換活動確切相應的數字來衡量其財富的時候，它就同時把某種類型的神秘化置於它的經驗和它的世界的中心了。一個建立在符號之上的社會在本質上是一個人為的社會，在這個社會中，人的有血有肉的真實被神秘化了。於是，這個社會選擇了一種其原則徒具形式的道德做為它的宗教，既可在它的監獄又可在它的金融廟堂上寫下自由和平等的字樣，就不令人感到驚訝了。然而，人是不能濫用詞語而不受到懲罰的。今日最受誹謗的價值肯定是自由的價值。一些思想正統的人（我一直認為有兩種智力，一種是聰明的智力，一種是愚蠢的智力）認為自由不過

是真正的進步道路上的一個障礙而已。如此莊嚴的蠢話能夠被高聲道出，是因為一百年來商品社會對自由進行了單方面的排它性的利用，把它視為一種權利而非一種義務，肆無忌憚地儘量把一種原則上的自由拿來為一種事實上的壓迫服務。這樣，這個社會不要求藝術成為解放的工具，而只要求它成為沒有多大後果的活動和僅僅成為一種消遣，這有什麼可奇怪的呢？整個上流社會，這個人們最關心的是錢、唯一的煩惱是感情的上流社會，就滿足於它的風流小說家和最無聊的藝術，關於這種藝術，奧斯卡·王爾德在嘗到鐵窗風味之前，想到自己時曾經說過，最大的罪孽是「膚淺」。

資產階級的歐洲的藝術匠們（我還沒有說藝術家）在一九〇〇年前後就這樣地接受了不承擔責任，因為承擔責任意味著一種與他們的社會之間的令人疲憊不堪的決裂（真正與之決裂的是韓波、尼采、史特林堡，人們知道他們付出的代價）。為藝術而藝術的理論就是從這時開始的，這不過是要求這種不承擔責任而已。為藝術而藝術，這種孤獨的藝術家的消遣，恰恰是一個

人工的、抽象的社會的藝術。它的合乎邏輯的結果是沙龍藝術，或者純粹形式的藝術，以矯揉造作和抽象空想為營養，最終將毀滅全部現實性。

某些作品使某些人愉快，而許多粗俗的玩意兒敗壞了許多人。最後，藝術置身於社會之外，切斷了自己的活的根子。漸漸地，甚至很受歡迎的藝術也變得孤獨了，或者只有通過報刊或廣播才為國人所知，而報刊和廣播給予人們的是一種方便的、簡單化的概念。實際上，藝術越是專門化，庸俗化就越是必然。於是，成千上萬的人以為知道當代的某位大藝術家了，因為他們通過報紙知道他養金絲雀或者他每次結婚從不超過六個月。今天，最大的名聲在於不被閱讀而受到讚賞或憎惡。任何一位想在我們的社會中出名的藝術家都應該知道，出名的不是他，而是頂著他的名字的某個人，最終將要擺脫他，也許有一天要在他身上除掉真正的藝術家。

這樣，在十九世紀和二十世紀的商業的歐洲所創造出來的幾乎一切有價值的東西，例如在文學上，都是反對當時的社會的，就不足為奇了！可以

說，直到臨近法國革命的時候，活動著的文學大體上說是一種贊同的文學。從產生於革命的資產階級社會穩定下來的時候起，卻發展起來一種反抗的文學。官方的價值被否定了，比方說在我們這裡，或者被從浪漫派到藍波那樣的革命價值的傳播者否定，或者被貴族價值的保持者否定，維尼和巴爾扎克就是他們的優秀代表。平民和貴族是一切文明的兩大源泉，他們都反對當時的虛假的社會。

然而，這種拒絕堅持得過於長久，僵化了，也變成虛假的了，導致了另一種貧乏。惡魔詩人這一主題產生於商業社會，它僵化為一種偏見，結果認為只有反對當時的社會才能成為偉大的藝術家，而不管是什麼社會。當這一主題斷言一個真正的藝術家為金錢世界創作時，它是合理的，然而，當人們就此得出結論說，一個藝術家只有反對一切才能成功，這時，這一原則就是錯誤的了。因此，我們有許多藝術家希望受人詛咒，否則就心中有愧，他們既盼望著掌聲，又盼望著噓聲。當然，社會今天是累了或者是冷漠了，它只

偶爾地鼓一下掌或喝一聲倒采。

我們時代的知識份子為了使自己高大起來，就不斷地使自己更強硬。然而，由於拒絕一切，甚至拒絕藝術的傳統，當代的藝術家幻想著創造自己的法則，最終以為自己就是上帝。同時，他也以為能夠自己創造自己的現實。但是，遠離社會，他只能創造出形式或抽象的作品，做為經驗來說是動人的卻缺乏真正藝術所特有的豐富性，而真正的藝術的使命是團結。總之，當代的精微或抽象與托爾斯泰或莫里哀的作品之間的差別，指望尚未看見的麥子來貼現的票據和布滿犁溝的肥厚的土地之間的差別，這兩者是一樣的。

二

如此說來，藝術可以是一種騙人的奢侈。因此人們不必驚奇，有些人或藝術家想要倒退，返回到真實上面去。於是，他們不承認藝術家有權離群索

居，他們向藝術家提議不要把自己的夢幻而要把眾人經歷過、承受過的現實做為主題。這些人確信為藝術而藝術從主題到風格都不能為群眾所理解，或者根本不表達真實，他們希望藝術家以為了大多數人、描寫大多數人為己任。他要用普通人的語言表達普通人的痛苦和幸福，這樣他就會獲得普遍的理解。做為絕對忠於現實的獎賞，他將獲得人與人之間的全面的交流。

這種普遍交流的理想實際上是一切偉大的藝術家的理想。與流行的偏見相反，如果說某人無權離群索居，那恰恰是藝術家。藝術不能是一種獨白。一個狐獨的、不為人知的藝術家，當他訴諸後世的時候，他只不過是重申他的深刻的使命罷了。當他認為與充耳不聞或心不在焉的同代人不可能對話時，他就寄望於和後世人有更多的對話。

但是，為了談論一切人，訴諸一切人，就應該談論眾所周知的東西，談論我們共有的現實。大海，雨，需要，慾望與死亡的鬥爭，這些就是把我們大家團結起來的東西。在我們共同看見的東西之中、在我們共同承受的東西

之中是彼此相像的。夢幻隨人而異，但世界的現實是我們共同的祖國。所以，現實主義的抱負是合理的，因為它與藝術的冒險深深地聯在一起。

那就成為現實主義者吧！更確切地說，努力成為現實主義者吧，只要現實主義是可能的。因為這個詞是否有意義，並不是很可靠的；儘管現實主義是合乎願望的，但它是否是可能的，卻並不很可靠。首先我們要想一想藝術上的純現實主義是不是可能。根據上世紀的自然主義者們的聲明，現實主義是現實的準確複製。因此，它之於藝術就如同攝影之於繪畫，但前者是複製，而後者卻是選擇。然而，攝影複製了什麼？現實又是什麼？無論如何，即便最好的攝影，其複製也不夠忠實，也還不夠現實主義。比方說，在我們的世界中有什麼比一個人的生活更為現實呢？有什麼能比一部現實主義的電影更能再現它呢？然而，在什麼條件下這樣一部電影才是可能的呢？在一些純粹想像的條件下。事實上，得假定有一架理想的攝影機日日夜夜對準這個人，不間斷地記錄下他的最細小的動作。其結果將是得到一部電影，放映它

的時間和這個人的生命一樣長，觀看它的只能是那些觀眾，他們肯犧牲自己的活來專門關心另一個人的生活細節。即便在這種條件下，這樣一部難以想像的影片，也不是現實主義的。

道理很簡單，人的生活的現實並不單單存在於他所在的地方。它也存在於其他給予此人的生命以一種形式的生命之中，首先是所愛的人的生命，也得拍攝下來，還有其他不相識的人，有權有勢的或悲慘可憐的，同胞，警察，教授，礦工和工地上的無形的伙伴，外交家或獨裁者，宗教改革者，創造了一些對我們的行為起決定作用的神話的藝術家，還有控制著最有條理的生活的至高無上的偶然性所派出的那些卑微的代表。

所以，只有一部可能的現實主義影片，就是用一部看不見的機器對著世界這銀幕在我們面前不間斷地放映的那部影片。唯一的現實主義藝術家將是上帝——如果他存在的話。其餘的藝術家肯定是不忠於現實的。

於是，拒絕資產階級社會及其形式的藝術家、想要談論現實並且只談論

現實的藝術家就處在一種痛苦的絕境之中。他們應該做一個現實主義者，然而卻不能夠。他們想使他們的藝術服從現實，卻不進行選擇就不能描寫現實，而這種選擇就使現實服從某種藝術的獨特性。俄國革命初期的美麗而悲壯的作品就向我們清楚地展示了這種痛苦。此時俄國的布洛克、偉大的帕斯捷爾納克、馬雅可夫斯基、葉賽寧、愛森斯坦以及最初一批描寫水泥鋼鐵的小說家們給予我們的是一種形式和主題的壯麗的實驗室，一種內涵豐富的不安，一種探索的瘋狂。不過應該做出結論了，應該說明人們如何成為現實主義者，雖然現實主義是不可能的。專制在這裡和在別處一樣，是一針見血的：在它看來，現實主義首先是必要的，其次是可能的，條件是它願意是社會主義的。這種命令是什麼意思？

實際上，它坦率地承認，不進行選擇就不能複製現實，它拒絕了十九世紀所提出的那種現實主義理論。剩下的只是要找出一個選擇的原則，而世界將據此組織起來。它找到了，但不是在我們知道的那種現實裡，而是在未來

的那種現實裡。為了複製好現在，必須也描繪將來。換句話說，社會主義現實主義的真正對象，恰恰是還不是現實的那種東西。

這矛盾相當妙。然而說到底，社會主義現實主義這一表達方式本身就是矛盾的。事實上，現實並不完全是社會主義的，社會主義現實主義如何能是可能的呢？比方說，過去的現實不是社會主義的，現在的也不完全是。回答很簡單：人們在今日或昨日的現實中將選擇出準備和有助於建立未來的理想國的東西。因此，一方面，人們執意否定、譴責現實中不是社會主義的東西，另一方面則頌揚社會主義的或將要成為社會主義的東西。我們不可避免地要得到宣傳的藝術，包括其好壞兩方面，要得到一種粉色的圖書，它像形式的藝術一樣，也脫離了複雜的、生動的現實。終於，這種藝術將是社會主義的，而恰恰不是現實主義的。

這種想要成為現實主義的美學於是成了一種新的理想主義，對於一個真正的藝術家來說，它跟資產階級的理想主義同樣不結果實。現實被公然地置

於至高無上的地位，只是為了被消除得更乾淨。藝術被化為烏有。它為什麼東西服務，因為服務而被奴役。唯有那些留心不去描繪現實的人才被稱作現實主義者而受到稱讚。其他人則在前者的掌聲中受到指責。在資產階級的社會中，出名就在於不被人閱讀或被人不正確地閱讀，而在極權的社會中，出名則在於阻止別人被人閱讀。在這裡，真正的藝術受到歪曲或鉗制，正是那些最熱情地希望普遍的交流的人反而使人變成不可能。

面對這樣一種失敗，最簡單的是承認所謂社會主義現實主義與偉大的藝術毫無關涉，為了革命的利益，革命者應該尋求另一種美學。相反，人們知道，社會主義現實主義的捍衛者們大聲疾呼除此之外不可能有藝術。他們確是這樣大聲疾呼的。但是，我深信他們自己也不相信，他們認為藝術的價值應該服從革命行動的價值。如果這些東西被明確地說了出來，討論將變得更為容易。人們可以尊重一些人的這種偉大的棄絕，他們對於普通人的不幸和有時給予藝術家的命運的特權之間的對立感到太痛苦了，他們拒絕這種令人

不能忍受的距離，即受到苦難壓制的人們和其使命就是表達自己的那些人之間的距離。人們可以理解這些人，試著同他們對話，例如告訴他們取消創造的自由也許並不是戰勝奴役的好辦法，在等待著為一切人說話的時候放棄至少可以為某些人說話的權利是愚蠢的。是的，社會主義現實主義應該承認它的親緣關係，應該承認它是政治現實主義的孿生兄弟。它為了一種與藝術無關的目的犧牲了藝術，而藝術在價值的等級中是可以處在更高的位置上的。

總之，它為了首先建立公正而暫時地取消了藝術，在一種還不清晰的未來中，有了公正，藝術就會復活的。這樣，人們就在有關藝術的事情中實行了當代智慧的這種金科玉律，即不打破雞蛋就做不了攤雞蛋。然而，這種不可抗拒的理智騙不了我們。為了做一盤好的攤雞蛋，不必打破成千上萬個雞蛋，我覺得不能根據碎蛋殼的數量來判定廚師的質量。我們時代的藝術廚師應該惟恐打翻了比他之所願更多的雞蛋籃子，唯恐攤雞蛋再也做不出來以及藝術終於並不能復活。野蠻從來也不是暫時的。它是不可分的，它從藝術擴

展到風俗也是正常的。於是，人們看到從人的不幸和鮮血中產生出毫無意義的文學、好名聲的報刊、拍照的肖像和仇恨取代了宗教的教育戲劇。藝術在這裡達到了強制的樂觀主義的頂點，這恰恰是最壞的一種奢侈，最可笑的一種謊言。

這有什麼可奇怪的呢？人的痛苦是個高貴的主題，除非像濟慈那樣，據說他敏感到可能會用手去觸摸痛苦本身的程度，否則是沒有人能去碰這個主題的。當一種遵命文學想要給這種痛苦以官方的安慰的時候，人們就清楚地看到這一點。為藝術而藝術的謊言裝作不知道惡，這樣它就承擔了責任。然而現實主義的謊言，如果說它有勇氣承認人的現時的不幸的話，卻因利用它頌揚一種未來的幸福而同樣嚴重地背叛了這種不幸，誰都對那種幸福一無所知，所以它可以允許任何神秘化。

兩種美學長期對立，一種要求全面拒絕現實，一種聲稱拋棄一切非現實的東西，最後是遠離現實，在同一種謊言和對藝術的取消中匯合了。右的學院派不知道苦難，左的學院派則加以利用。然而在這兩種情況下，在藝術被否定的同時苦難都變得更為深重。

三

應該得出結論說這種謊言就是藝術的本質嗎？我要指出，我上面說到的那兩種態度所以是謊言，只是因為它們與藝術沒有多大關係。那麼究竟藝術是什麼呢？一切都不那麼簡單，這是肯定的。而在那麼多熱衷於把一切都簡單化的人的喧囂之中知道什麼是藝術就更加困難了。一方面，人們希望天才既輝煌燦爛又離群索居，另一方面，人們又要求他與眾人相像。可實際上更為複雜。巴爾扎克用這樣一句話讓人們感到這一點：「天才像一切人，而沒有人像他。」藝術就是這樣，沒有現實，它就什麼也不是，而沒有藝術，現實也就微不足道了。事實上，藝術怎麼能脫離現實，又怎麼能服從現實呢？

藝術家選擇對象正如它被對象所選擇。在某種意義上說，藝術是對世界中流逝和未完成的東西的一種反抗：它只是想要給予一種現實以另一種形式，而它又必須保持這種現實，因為這種現實是它激動的源泉。

從這一點看，我們都是現實主義者，而又都不是，對現存的東西來說，藝術既不是完全的拒絕也不是完全的贊同。它同時是拒絕和贊同，這就是為什麼藝術是一種不斷更新的分裂。藝術家總是處在這種模稜之中，既不能否認現實，又永遠要批評它那永遠是未完成的東西。

為了畫一幅靜物畫，畫家和蘋果要相互對立、相互修正。如果說沒有光，形式就什麼也不是，那麼形式也為這光增添了些什麼。真實的世界因其光輝而使形體和雕像得以產生，同時也從它們那裡獲得了固定住天空的光的第二種光。偉大的風格就這樣處於藝術家和他的對象之間。

因此，問題不在於知道藝術應否脫離或服從現實，而僅僅在於知道作品應該準確地裝有多少真實才不至於消失在九霄雲外或者穿著鉛底鞋蹣跚而

行。每個藝術家都盡其所感與所能地解決這一問題。一個藝術家對世界的現實的反抗越是強烈，使他得到平衡的真實的重量就可能越大。然而這重量永遠也不會窒息藝術家對孤獨的要求。正如希臘悲劇、麥爾維爾、托爾斯泰或莫里哀的作品，最上乘的作品永遠是那種使真實和人針對這真實而提出的拒絕獲得平衡的作品，它們使對方在一種不斷的噴湧中活躍起來，而這種噴湧正是快樂而痛苦的生活的噴湧。於是漸漸出現一個新世界，與日常的世界不同，卻仍然是同一個世界，既特殊又普遍，充滿了無邪的不安全感，它是由天才的力量和不滿一時地產生出來的。是這樣，又不是這樣，世界什麼也不是，又什麼都是，這就是每個真正的藝術家的雙重的、不斷的呼聲，這呼聲使他站立，總是睜大雙眼，漸漸地為那些處在沉睡的世界中心的人們喚醒一種現實的轉眼即逝、瞬息萬變的形象，這形象我們認識卻從未遇見過。

同樣，面對時代，藝術家既不能棄之不顧也不能迷失其中。如果他棄之不顧，他就要說空話。但是，反過來說，在他把時代當作客體的情況下，他

就做為主體肯定了自身的存在，並且不能完全地服從它。換句話說，藝術家正是在選擇分享普通人的命運的時候肯定了他是什麼樣的個人。他不能擺脫這種曖昧狀態。藝術家從歷史中取得的是他可以在自己身上看到的東西，或者，他直接或間接地容忍嚴格意義上的現時以及現在活著的人，而不是這種現時和活著的藝術家不能預見的未來之間的關係。以尚未存在的人的名義評判當代的人，這是預言的角色。藝術家只能估量人們根據其對活著的人的影響向他提出的那些神話。宗教或政治的預言家可以絕對地進行評判，而人們知道他是免不了的。但是藝術家不能。如果他絕對地進行判斷，他就將不分軒輊地把現實分為善與惡，他就將陷入情節劇之中。

相反，藝術的目的不在立法和統治，而首先在理解。由於理解得深刻，它有時也統治。然而，從未有過一部天才的作品是建立在仇恨和輕蔑之上的。這就是為什麼藝術家在其行進終了時總是寬恕而不是譴責。他不是法官，而是辯護者。他是活生生的創造物的永遠的辯護人。他真正地為愛鄰人

進行辯護，而不為那種對於遠方的愛辯護，那種愛將當代的人道主義降為法庭上的信條。相反，偉大的作品終將使一切法官啞口無言。因此，藝術家既向最偉大的人物致敬，又在最卑劣的罪犯面前低下頭去。王爾德在獄中寫道：「與我一起關在這悲慘的地方的不幸者中，沒有一個不和人生的秘密有著象徵的關係。」是的，而這人生的秘密和藝術的秘密是相吻合的。

一百五十年間，商業社會的作家們除極少數例外，都認為可以生活在一種幸福的不承擔責任之中。事實上，他們是在孤獨中生，在孤獨中死。我們二十世紀的作家，我們絕不會再孤獨了。相反，我們應該躲避大家共同的苦難，而我們唯一的辯護，如果有的話，就是盡我們的能力為那些不能說話的人說話。然而我們實際上應該為所有那些人這樣做，他們此時正因壓迫著他們的政府和政黨而感到痛苦，不管它們過去或將來是多麼強大：對於藝術家來說，並沒有什麼擁有特權的劊子手。這就是為什麼，美在今天、尤其是在今天，不能為任何政黨服務；它只能在或遙遠或鄰近的日子裡為人的痛苦和

自由服務。唯一的介入藝術家是那種藝術家，他絕不拒絕戰鬥，但至少拒絕加入正規軍，我指的是自由射手。他從美中得到的教訓，如果這教訓是正當地得出的話，就不是一種利己主義的教訓，而是一種艱難的博愛的教訓。這樣孕育出來的美從未奴役過任何人。相反，幾千年來，它每時每刻都減輕了幾百萬人的奴役，有時甚至永遠地解放了某些人。最後，也許是在美和痛苦、對人的愛和創造的瘋狂，不堪忍受的孤獨和使人疲乏不堪的人群、拒絕和贊同之間的這種永久的緊張狀態之中，我們觸及到了藝術的偉大。它在無聊和宣傳這兩大深淵之間行進。偉大的藝術家在這條山脊線上前進，每一步都是一種奇遇，都是一次極端的冒險。

然而藝術的自由正是，也僅僅是處在這種冒險之中。這自由是艱難的嗎？它更像是一種苦行的紀律嗎？有哪一位藝術家會否認這一點呢？有哪一位藝術家敢自稱勝任這一永無休止的任務呢？這自由意味著心靈和肉體的健康，意味著就像是靈魂的力量的一種風格，意味著耐心的衝突。它像一切自

由一樣，是一種不斷的冒險、令人疲憊的奇遇，這就是為什麼人們今日就像逃避苛求的自由一樣逃避這種冒險，以便擁向各式各樣的奴役，這至少可以獲得靈魂的舒適。然而，假使藝術不是一種奇遇，那它又會是什麼呢？它的理由何在呢？不，自由的藝術家和自由的人一樣，不是舒適的人。自由的藝術家是那種非常困難地建立起自己的秩序的人。他要整理的東西越是雜亂無章，他的規則就越是嚴格，他就越是肯定了他的自由。

紀德有一句話，我一直是贊同的，儘管它可能引起誤解：「藝術以束縛為生，而死於自由。」確是如此。但是，不應該因此就認為藝術可以是被操縱的。藝術只是以它為自己規定的束縛為生：它死於其他的束縛。相反，假使它不受自己束縛，它就要胡說八道，成為影子的奴隸。因此，最自由的藝術，最富反抗的藝術，就是最古典的藝術；它將使最大的努力成功。只要一個社會及其藝術家不贊成這種最大的努力，只要他們追求消遣的舒適或因循的舒適、為藝術而藝術的把戲或現實主義的藝術的說教，它的藝術家們就將

停留在虛無主義和貧乏之中。這樣說，就是說今日之復興取決於我們的勇氣和我們的富有遠見的意志。

是的，這種復興在我們每一個人的手中。西方能否產生出一些反亞歷山大者，這取決於我們，這些反亞歷山大者應該重新聯結上文明的戈耳迪之結，這個結曾被劍砍開。為此我們必須承擔自由的一切風險和工作。問題不在於知道我們在追求正義的過程中能否保持住自由。問題在於知道，沒有自由我們將一事無成，既要喪失未來的正義，又要喪失已有的美。只有自由才能使人擺脫孤獨，而孤獨只能飛翔在孤獨的人們的頭上。

由於這種我試圖加以確定的自由的本質，藝術在暴政使人分離的任何地方使人團結。因此，它成為任何壓迫的公開的敵人，這有什麼可令人驚奇的呢？藝術家和知識份子成為現代暴政（不管是右的還是左的）的首批犧牲品，又有什麼可令人驚奇的呢？暴君知道藝術品中有一種解放的力量，只有對那些不崇拜藝術品的人，這種解放的力量才是神秘的。每一種偉大的作品

都使人的面目更加令人讚嘆，更加豐富，這就是它的全部秘密。成千上萬的集中營和監獄鐵窗並不足以模糊這種令人震驚的尊嚴的證據。

這就是為什麼，人們不能為了準備一種新文化而哪怕是暫時地中止文化。人們不能中止人對其苦難和高貴的不間斷的見證，人們不能中止呼吸。不存在一種沒有遺產的文化，我們不能也不應該拒絕我們的、即西方的遺產。無論未來的作品是什麼，它們都將包含著同一個秘密，由各時代各民族的成千上萬個藝術家的勇氣、自由和膽識造就的秘密。是的，當現代暴政向我們顯示出，藝術家就是侷限在其職業之內也是公眾的敵人時，它是有道理的。然而，這樣它也通過藝術家向人的一種形象表達了敬意，迄今為止，任何東西也未能粉碎這一形象。

＊

我的結論很簡單，就是在我們的歷史的喧囂和瘋狂之中大聲疾呼：「讓我們高興吧！」的確，讓我們因看到一個說謊的、舒適的歐洲死去、我們面

對嚴酷的真理而感到高興吧！讓我們做為人而高興吧，因為一個長期的神秘崩潰了，我們看清了威脅著我們的東西。讓我們做為從昏睡和耳聾中解脫出來的，必須挺立在苦難、監獄、鮮血面前的藝術家而高興吧！如果面對這種景象我們能夠記住過去的歲月和人的面孔，如果面對世界的美我們能夠不忘受屈辱的人們，那麼，西方的藝術就會逐漸重獲它的力量和優勢。可以肯定，藝術家面對這樣嚴峻的問題，在歷史上罕有其例。然而，恰恰是因為詞句，哪怕是簡單的詞句要付出自由和鮮血的重價，藝術家才學會了有節制地使用它們，危險帶來了經典性。總之，任何偉大的東西都植根在風險之中。

不承擔責任的藝術家的時代已經過去了。我們為了一些小小的幸福而懷念這個時代。而我們也知道承認這一考驗的同時也有助於我們獲得自身的真實性，我們接受這種挑戰。當藝術自由只意味著保證藝術家的舒適時，它是不那麼珍貴的。為了使一種價值或一種品質在一個社會中紮根，應該不欺騙它，也就是說，應該盡可能地為它付出代價。如果自由變得危險，那麼它就

將不再被出賣了。例如，我不能同意有些人抱怨今日智慧正在衰退。從表面上看，他們言之成理。然而，智慧曾經是某些皓首窮經的人文學者的不擔風險的快樂，實際上，它從未像這時這麼衰退過。今天，它終於面對真正的危險了，相反，它卻有了機會重新站立起來，重新獲得尊敬。

人們說，尼采在和薩洛美決裂之後，陷入一種決定性的孤獨之中，瞻望他得在毫無幫助的情況下完成的規模巨大的作品，既感到力不從心，又感到精神振奮，一天夜裡，他在俯瞰熱那亞灣的山中散步，點燃了一大堆樹枝和樹葉，眼看著它們慢慢燃盡。我時常夢見這大火，有時想把某些人和某些作品置於火前，讓它們接受考驗。那麼，我們的時代就是這樣的一堆大火，它的令人難以承受的火苗無疑將把許多作品化為灰燼！然而，對於那些留下來的作品來說，它們的金屬完好無損，我們可以毫無保留地投入智力的這種至高無上的快樂之中，這快樂名曰「讚嘆」。

人們當然可以希望一種更溫和的火，一種緩解，一種有利於夢幻的停

頓，我也希望如此。然而，對藝術家來說，也許除了一種處在最激烈的戰鬥之中的和平之外並沒有其他的和平。愛默生說得好：「凡牆都是門。」不要在我們的生活所對的牆之外尋找門和出路。相反，讓我們在有緩解的地方尋找緩解吧，我的意思是說，就在戰鬥之中。

有人說過，偉大的思想是附在鴿子腳上來到世間的。也許那時候，如果我們洗耳恭聽的話，我們就會在帝國和民族的喧囂聲中聽見生命和希望的溫和的騷動聲，彷彿輕微的羽翼聲掠過。有人說這希望是由一個民族帶來的，有人則說是由一個人帶來的。我認為正相反，是成千上萬孤獨者激起、活躍、保持了這希望，他們的行動和作品每日都在否定歷史的邊界及其最粗俗的表象，以便讓始終受到威脅的真理在一瞬間閃出光輝，而這真理是每個人為了大家樹立在各自的痛苦和歡樂之上的。

——一九五七、十二、十四

卡繆簡略年表

一九一三年

11月17日生於阿爾及利亞東部蒙多維鎮。

其父呂西安．卡繆是酒窖馬車夫，其母卡特琳娜．莎黛絲是西班牙人，其兄名呂西安。

一九一四年

第一次世界大戰，其父應征，在馬恩河戰役中負傷，不久即死於醫院。

舉家遷往阿爾及爾，住進貧民區。全家靠母親作工生活，十分清苦。共同生活的還有外祖母，她嚴厲而專斷；有一個叔叔有殘疾，乃製桶匠人。

一九一八年～二三年
進培爾克小學，頗受老師路易·傑爾曼器重。

一九二三年～三〇年
考取獎學金，進阿爾及爾中學。喜足球，曾任阿爾及爾拉星——大學足球隊守門員。
第一次接觸紀德的作品。

一九三〇年
患肺結核。

一九三二年
進入阿爾及爾大學，主修哲學，受教於尚·格勒尼埃的門下（格勒尼埃是大學教授，也是名作家）。
在《南方》雜誌發表文章。

一九三三年
希特勒上台，卡繆很快就參加巴比塞和羅曼·羅蘭創立的反法西斯運動。

一九三四年

與眼科醫生施默莉結婚，於年底加入法國共產黨，其任務是在穆斯林中進行宣傳共產黨的活動。

法共領導人拉瓦爾赴莫斯科訪問，制訂了延緩法共親穆斯林的活動，卡繆隨即離開法共。

一九三五年

開始寫作《反與正》等一系列散文。

靠信用貸款讀書，還需幹各種臨時工作才能維持生活。

曾在氣象台、船運公司、政府部門工作過，還賣過汽車零件等等。

撰寫大學畢業論文，題目是：《基督教玄學和新柏拉圖主義》。

一九三六年

領導「文化之家」的活動，創建「勞動劇團」。

主持寫作劇本《阿斯杜里起義》。

一九三六年～三七年

與妻子施默莉離婚。

做為演員參加阿爾及爾電台劇團。

擔任《阿爾及爾共和報》記者，尤其對政治法律事務的報導感到興趣。

一九三七年

2月，在「文化之家」發表關於地中海文化的演說。

5月10日，出版散文集《反與正》。

寫作《婚禮集》。

解散「勞動劇團」，創建「演員劇團」。

一九三八年

撰文評沙特的《噁心》，指出：「沙特先生筆下的主人公強調人身上使他厭惡的東西，而不把他失望的根由建立在人的某些高尚的東西之上，這樣他就可能並沒有提供他焦慮的真正意義。」

寫作劇本《卡利古拉》。

創建《海岸》雜誌，會見安德烈．馬爾羅。撰文評沙特的《牆》，指出：「沙特先生的說教使人轉向虛無，但也使人轉向清醒。」

一九三九年

5月，出版《婚禮集》。

6月，赴卡比里地區採訪，報導中說：「在世界上最美的國家中有這樣的苦難，這是最最令人絕望的景象。」

9月3日，第二次世界大戰爆發，卡繆因身體健康（肺病）原因未能入伍。

第二次結婚，娶奧蘭市人弗朗西娜．富爾。

一九四〇年

《阿爾及爾共和報》停辦，由《共和晚報》接替，卡繆任主編。後因不滿新聞檢查而轉入《巴黎晚報》，該刊係右翼報紙，卡繆只願意擔任編輯職務。12月，離職。

一九四一年

1月，返回奧蘭，在一私立學校教書。

2月，完成《薛西弗斯神話》。

準備寫作《瘟疫》。

12月19日，法共黨員加布里埃爾·貝里被槍殺，暫居里昂的卡繆聞訊決定參加抵抗運動。

肺結核復發，咯血。

一九四二年

7月，《異鄉人》出版。

12月，《薛西弗斯神話》出版。

完成劇本《誤會》初稿。

一九四三年

卡繆做為抵抗組織《戰鬥》的領導成員遷往巴黎。擔任加利瑪出版社閱稿人。結識尚·保爾·沙特。

一九四四年　成為《戰鬥報》主編之一。
《誤會》首演，反映冷淡。

一九四五年　5月16日，卡繆赴阿爾及利亞調查塞提夫屠殺事件。
《卡利古拉》首演，獲巨大成功。

一九四六年　訪美。
完成《瘟疫》。

一九四七年　馬達加斯加爆發起義，卡繆激烈反對政府的鎮壓。
6月，《瘟疫》出版。

一九四八年　返回阿爾及利亞，旅行。
與尚．路易．巴洛合作完成劇本《圍困》，不成功。

一九四九年　6月至8月，訪問南美。

一九五〇年　出版《時文集I》。

一九五一年　出版《反抗者》，爭論延續一年之久。
返回阿爾及利亞，旅行。

一九五二年　8月，與沙特絕交。
陸續發表短編小說。
出版《時文集II》。

一九五三年　7月，就東柏林事件發表演說，稱：「無論在什麼地方，當一個勞動者赤手空拳面對坦克，高喊他不是奴隸，我們怎麼能無動於衷？」

一九五四年　11月赴義大利旅行。

一九五五年　5月赴希臘旅行。
6月，任《快報》記者。

一九五六年　返回阿爾及爾，1月23日呼籲雙方和解。

出版《墮落》。

一九五七年　3月，出版《流放與王國》。

10月17日，獲諾貝爾文學獎。獲獎評語是：「因他的重要文學作品透徹認真地闡明了當代人的良心所面臨的問題。」

一九五八年　3月，再版《反與正》，有重要序言。

6月，出版《時文集III》

一九五九年　完成《第一個人》部分章節。

一九六〇年　1月4日，死於車禍，時年47歲，葬於沃克呂茲省的盧爾馬蘭公墓。

國家圖書館出版品預行編目資料

異鄉人／卡繆／著　-- 初版 -- 新北市：
新潮社文化事業有限公司，2022.08
面；　公分
譯自：L'ÉTRANGER
ISBN 978-986-316-837-9（平裝）

876.57　　111007857

異鄉人

卡繆／著

【策　劃】林郁
【主　編】劉碩良
【譯　者】郭宏安
【制　作】天蠍座文創
【出　版】新潮社文化事業有限公司
電話：(02)8666-5711
傳真：(02)8666-5833
E-mail：service@xcsbook.com.tw

【總經銷】創智文化有限公司
新北市土城區忠承路 89 號 6F（永寧科技園區）
電話：2268-3489
傳真：2269-6560

印前作業　菩薩蠻、東豪印刷事業有限公司

初　版　2022 年 8 月